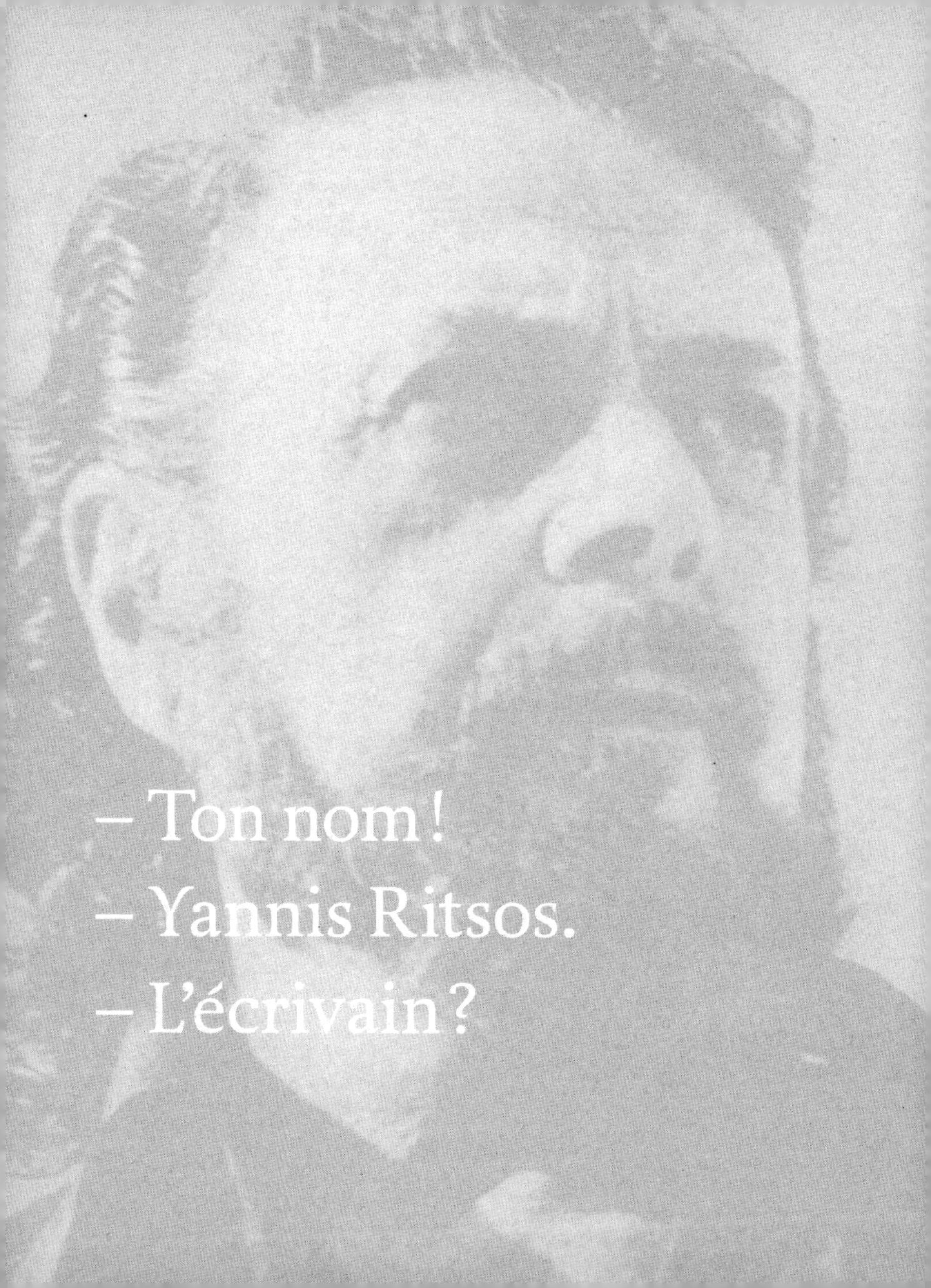

– Ton nom !

– Yannis Ritsos.

– L'écrivain ?

– Ton nom !
– Yannis Ritsos.
– L'écrivain ?

– Oui, c'est moi.
– Ton âge ?
– Cinquante-huit ans…
dans deux jours.
L'officier marque
un temps de silence.
– Né un 1er mai ?
Ah ! Communiste
de merde.

Sur le fil
Une collection dirigée par Murielle Szac

Premiers titres parus :

/ Didier Daeninckx
Caché dans la maison des fous

/ Bruno Doucey
Le carnet retrouvé de monsieur Max

/ Raphaël Jerusalmy
Les obus jouaient à pigeon vole

/ Nimrod
L'enfant n'est pas mort

/ Ysabelle Lacamp
Ombre parmi les ombres

/ Fabienne Juhel
La Mâle-mort entre les dents

Photographie de couverture :
Yannis Ritsos, © Succession Yannis Ritsos

Ne pleure pas sur la Grèce

Ne pleure pas sur la Grèce est le cent quatre-vingt-unième ouvrage publié par les Éditions Bruno Doucey

Éditions Bruno Doucey
Cour d'Alsace-Lorraine
67, rue de Reuilly
75012 Paris
www.editions-brunodoucey.com

ISBN : 978-2-36229-345-0

Bruno Doucey

Ne pleure pas sur la Grèce

Éditions Bruno Doucey

À M.
et sa « journée particulière »
du 9 août 2012

Ce matin, les enfants ont rendez-vous avec le vent.

Ils arrivent par petits groupes, comme des tourbillons, emplissent l'esplanade qu'ils ont découverte la veille en se glissant sous le grillage, derrière les vieux bâtiments qui bordent le camp. Les plus âgés regardent la bâtisse aux fenêtres closes. D'autres bavardent sur les marches d'escalier, le visage baigné de la lumière rasante du jour. En contrebas, quatre ou cinq petits jouent à cache-cache. L'un d'eux compte rapidement jusqu'à vingt, bras et tête appuyés contre le tronc d'un arbre, tandis que les autres détalent à la recherche d'un endroit où se tapir. Plus loin, un jeu qui rassemble une trentaine d'enfants s'organise dans un joyeux tumulte. Devant un enclos grillagé, un adolescent édicte des règles que tous écoutent avec attention.

– Hotspot ! Hotspot ! crie-t-il en désignant du doigt la porte vermoulue de l'enclos.

Les autres enfants détalent sans demander leur reste, avant que l'adolescent n'entreprenne de les attraper pour les enfermer dans le corral.

Le vent s'est levé.

De violentes rafales secouent la rangée de tamaris qui bordent la place, la poussière s'envole, le sable gifle les visages, des bourrasques plaquent les enfants les moins vigoureux contre les murs, et leurs rires cèdent bientôt la place à des rugissements déchaînés.

– C'est à l'intérieur du palais qu'il faudrait jouer, dit une jeune fille en plaçant devant ses yeux le bras qui montre la façade décrépie du bâtiment. Là au moins nous serions à l'abri.

Mais elle le sait, cette immense bâtisse aux fenêtres closes et aux portes cadenassées n'est pas pour eux. Une pancarte écrite en trois langues promet de lourdes sanctions à toute personne qui tenterait de pénétrer dans les lieux. Comme tous les autres enfants yézidis qui sont avec elle ce matin, la jeune fille ne lit ni le grec ni l'arabe, mais elle connaît suffisamment de mots en anglais pour mesurer la portée de cet avertissement.

La veille, après avoir découvert qu'un palais inhabité se trouvait à deux pas du camp où sont parquées leurs familles, certains de ses camarades s'étaient montrés plus vindicatifs. Cette porte délabrée que retient une chaîne rongée par le temps, il faudrait la forcer. Pourquoi ne pas investir les pièces vides, trouver des chambres, dormir dans des lits, se servir des latrines, être à l'abri du vent, de la chaleur ou de la pluie ? Après tout, quel mal y aurait-il à faire revivre un bâtiment laissé à l'abandon, quand des dizaines de familles dorment sous des tentes fournies par le HCR, le Haut-Commissariat des Nations unies pour les réfugiés ?

– Un seul palais ne suffirait pas à loger tous les exilés, avait rétorqué Zarîn, une jeune fille de quinze ou seize ans qui s'inquiétait de voir les autres mettre à exécution leur projet de pénétrer dans la bâtisse aux portes closes.

« Et puis, réfléchissez, avait-elle ajouté, nous serions immédiatement repérés par les habitants de l'île qui viennent chaque jour nous rendre visite et nous apporter de la nourriture. Forcer les portes d'une maison dont l'accès est interdit, en voilà une façon de les remercier !

Les autres avaient secoué la lourde chaîne, faisant remarquer que les chats pénétraient librement dans un lieu qui était interdit aux humains. Qu'il y avait là une injustice de plus. Qu'il n'y avait aucun mal à vouloir occuper une demeure abandonnée. Alors elle s'était emportée.

« Mais vous avez un pois chiche dans la tête ! Avez-vous oublié d'où nous venons et qui nous sommes ? Croyez-vous que nous avons fui Daech, abandonné nos maisons et nos terres en Irak, pour nous retrouver là en train de forcer le passage d'un bâtiment qui ne nous appartient pas ? Continuez, continuez, et vous verrez de nouveaux problèmes s'abattre sur le dos de nos parents. Vous oubliez un peu vite que la police grecque a confisqué nos passeports et que nous sommes des réfugiés. DES RÉ-FU-GIÉS, vous entendez ! Ici, nous ne sommes pas chez nous. Ici, on se tient tranquille. Sans faire d'histoires. Sans poser de problèmes à nos familles.

Poussée par la colère, la jeune fille avait quitté l'esplanade et s'était glissée sous le grillage, dans l'autre sens, pour rejoindre le camp où s'entassaient les siens. Peu à peu, les autres l'avaient suivie et tout était rentré dans l'ordre.

Ce matin, c'est le vent qui vient jouer les trouble-fêtes. Il est si fort, il transporte tant de poussière que les enfants battent progressivement en retraite. Les tentes claquent sous les rafales, des sacs en plastique s'envolent.

Les mères ont eu tout juste le temps de ramasser les vêtements qu'elles avaient fait sécher sur les murets. Mais cela n'empêchera pas les familles de prendre le repas ensemble.

Comme chaque matin, depuis qu'ils sont ici, la camionnette blanche fait son apparition dans le camp. Un homme et une femme âgés en descendent. L'homme contourne la camionnette. Au passage, il ouvre la portière du côté droit, aide la femme à descendre avec des gestes attentionnés, puis se dirige vers l'arrière du véhicule dont il soulève le hayon. L'homme entreprend de décharger les caisses qui contiennent le pain, les fruits et les légumes, tandis qu'un réfugié coiffé d'un keffieh rouge et blanc s'approche pour lui prêter main-forte.

La femme, elle, se déplace difficilement. Appuyée sur une canne, elle va à la rencontre des femmes yézidies qui l'accueillent en souriant. « *Kalimera, kalimera* », dit-elle. « *Roș baș ! Roș baș !* » lui répondent-elles en kurmandji. La discussion s'arrête là, mais les regards échangés et les gestes révèlent la confiance qui s'est progressivement installée entre elles.

Un instant plus tard, les couvertures sont déployées sur le sol, entre les tentes, et maintenues aux quatre coins par de gros galets. Des femmes partagent le pain, épluchent les légumes, distribuent les oranges aux enfants qui viennent s'asseoir autour d'elles.

L'homme qui conduisait la camionnette ne dit pas un mot. Il regarde longuement sa femme qui aide les mères yézidies à préparer le premier repas de la journée, puis son regard se perd en direction du brasero où une lampe à huile brûle jour et nuit. Il ne connaît ni l'Irak ni la Syrie, il sait à peine qui sont les Yézidis, mais il a compris que le feu avait pour eux une valeur sacrée. Lorsqu'il se rend au camp de réfugiés en fin de journée, pour apporter du matériel de première nécessité ou régler un problème avec l'adduction d'eau bien capricieuse en été, il lui arrive de voir les hommes rassemblés autour du brasero.

L'autre soir, avant le coucher du soleil, l'un d'eux avait allumé une lampe à huile qu'il avait présentée à l'entrée de chaque tente en prononçant des paroles qui étaient restées incompréhensibles au visiteur.

Après tout, les Grecs font la même chose dans les innombrables chapelles de Leros, ou au bord des routes, dans ces *afieroma* érigées à la mémoire des gens morts dans un accident de la circulation, s'était-il dit en redescendant de la colline pour aller retrouver sa femme dans leur petite maison de la baie de Lakki.

I

Ce sol,
Il est à eux, il est à nous
Nul ne peut nous le prendre.

Yannis Ritsos

21 avril 1967
7h30

Le soleil se lève à peine sur les rues d'Athènes qui paraissent plus calmes qu'à l'accoutumée.

Peu de voitures. Peu de bruits. Quelques chats autour des poubelles et sous les véhicules en stationnement. L'impression étrange que la ville ne s'est pas encore éveillée.

Aux abords du Champ-de-Mars, un homme en tenue de sport court sur le bitume. Depuis l'annulation du Marathon de la Paix, qu'il devait courir le dimanche 16 avril, il se lève chaque jour à l'aube et avale dix à quinze kilomètres dans les rues d'Athènes, avant de partir au travail à l'université.

À quelques kilomètres de là, les habitants des appartements qui bordent la place Attiki s'éveillent à peine. Ceux qui ont allumé la radio ont été surpris d'entendre les mêmes marches militaires sur toutes les chaînes, comme si une suspension générale des programmes frappait le pays. Ils se sont dirigés vers les fenêtres qui donnent sur la place, balayant du regard l'esplanade et les rues qui y conduisent. Rien. Le silence couvre la ville comme une brume.

Tout est calme.
Trop calme.

Soudain, un cri déchire l'espace.
– Aux armes !
Un inconnu vient de surgir à l'angle d'une rue.
Bruits de bottes. Claquements sourds. Vociférations.
– Vive la liberté !
Les crépitements d'une arme automatique réduisent l'homme au silence.
Quelques instants plus tard, son corps gît dans une mare de sang au milieu de la chaussée. Un petit groupe de personnes s'est formé autour de lui. Les unes pleurent, d'autres surveillent la rue.

Au loin, de sourds bruits métalliques, des cris stridents, d'autres détonations se font entendre. Place Omonia, un syndicaliste vient à son tour d'être abattu.
Dans une rue voisine, deux jeunes gens en train de coller des affiches sont interpellés sans ménagement.
Dans le quartier Exarchia, un étudiant défie les militaires sur un scooter qui roule à vive allure. Cinq minutes plus tard, il est percuté par une Jeep et violemment projeté au sol.

Les habitants d'Athènes ont maintenant compris la situation. La ville est paralysée. Le téléphone, bloqué. Pas de journaux. Pas de taxis. Des groupes de militaires lourdement armés ont pris position aux endroits stratégiques. Des passants qui se trouvaient là par hasard sont sont sommés de rentrer chez eux. Les chars et des véhicules blindés bloquent les rues principales. Les touristes venus visiter Athènes sont confinés dans leurs hôtels. Le Parlement, le Palais royal, les ministères, l'aéroport, les bureaux de poste, les gares, les banques sont désormais aux mains des militaires. Dans les rues, les policiers eux-mêmes sont encadrés par les paras. La ville entière est placée sous leur contrôle.

À la radio, l'émetteur des forces armées diffuse maintenant un communiqué qui résume la situation en quelques mots : l'armée a pris le pouvoir pour sauver le pays de la catastrophe. La loi martiale est instaurée. À partir d'aujourd'hui et jusqu'à nouvel ordre, la circulation de tout véhicule et de tout civil est interdite dans la ville. Le feu sera ouvert sur toute personne se déplaçant après le coucher du soleil. Tout individu qui commettra une infraction sera déféré devant un tribunal militaire d'exception. La durée de l'arrestation préventive est désormais illimitée.

Je suis arrivé à Paris, gare de Lyon, par le train parti de Perrache, un matin d'avril 1967. Je ne savais rien du monde du travail, ni de la vie en général. J'étais jeune et ne rêvais que d'une chose : gagner suffisamment d'argent pour pouvoir repartir en Crète où vivait mon amoureuse. Mais les choses ne se sont pas passées comme cela. Ma vie a pris un autre cours. J'ai dû m'adapter. Calmer mes impatiences. Apprendre à voir le monde autrement. Juste avant d'être embarqué comme un passager de troisième classe sur le rafiot rouillé de l'Histoire.

D'abord, il y a eu cet emploi peu rémunéré, dans une maison d'édition du Quartier latin, et la minuscule chambre de bonne dont mes parents avaient accepté de régler le loyer pour six mois. Les premiers jours, au travail, je distribuais le courrier et les journaux dans les différents services de l'entreprise, puis on m'a demandé d'établir une revue de presse quotidienne pour la direction. J'arrivais tôt le matin. J'étalais les journaux du jour sur la grande table, devant moi. Débutait alors un travail de lecture et de classement de l'information. Puis les ciseaux et la colle entraient en action. En fin de matinée, la revue de presse était prête.

Pendant des mois, le flot des mauvaises nouvelles du monde est passé entre mes mains. Commencer chaque journée par le lisier des catastrophes, des tueries, des guerres, du terrorisme, des mouvements sociaux, des faits divers, des naufrages en mer, de la haine et de l'indifférence. Pour supporter tout cela, il fallait être jeune, optimiste et plein d'allant – et je l'étais. Au fond, peut-être voulais-je démontrer à mes parents, ou à moi-même, que j'avais bien fait d'abandonner mes études. Que la vie active me convenait davantage. Que j'assumais mes choix. Et puis, il y avait une fille là-bas, de l'autre côté de la Méditerranée, dans ce pays où j'étais allé passer quelques semaines de vacances après mon bachot, et je rêvais, oui, je rêvais debout d'aller la retrouver.

Fin avril 1967.

C'est en préparant la revue de presse que j'ai entendu parler pour la première fois du coup d'État qui avait amené la junte des colonels au pouvoir en Grèce. Au début, chose étrange, je me suis peu inquiété pour la femme que j'aimais. Je savais Fotini à Héraklion, loin d'Athènes et, dans mon esprit, la Crète était un pays à part, une terre de résistance qui avait combattu les Turcs puis les nazis lors de la Seconde Guerre mondiale, une contrée d'hommes libres et fiers peu enclins à remettre en cause les principes démocratiques. Peut-être ne voulais-je tout simplement pas voir les choses en face.

J'avais vingt ans et je croyais que rien ni personne ne pouvait faire obstacle à l'amour. Quel militaire serait assez puissant pour nous empêcher de nous retrouver si nous le décidions ? Quel mur serait assez haut pour nous tenir éloignés l'un de l'autre ? L'état du monde était une chose, mon cœur en était une autre, et puisque nous nous aimions, rien ne pourrait nous séparer.

Je me trompais, et ne tarderais pas à m'en rendre compte.

C'est dans les murs de la maison d'édition où je travaillais que ma naïveté a pris du plomb dans l'aile. Pour cela, il a suffi de trois à quatre semaines de lecture assidue de la presse quotidienne.

Dans les jours qui ont suivi les événements dramatiques du 21 avril, les titres à la une du *Monde*, du *Figaro* ou de *L'Humanité*… s'étalaient sans grandes différences :

« COUP D'ÉTAT À ATHÈNES »,

« L'ARMÉE PREND LE POUVOIR EN GRÈCE »,

« À UN MOIS DES ÉLECTIONS LÉGISLATIVES COUP D'ÉTAT FASCISTE EN GRÈCE ».

Fichue revue de presse ! J'étais amoureux d'une Crétoise, et rien de ce qui concernait la Grèce ne m'était indifférent. Au bout de quelques semaines, moi le fils d'un homme qui s'était engagé dans la Résistance une génération plus tôt, j'avais acquis la conviction que la herse du fascisme s'abattait à nouveau sur un pays d'Europe. Je vivais à mon tour un moment de l'Histoire en marche.

Fotini et la Grèce… De la seconde, j'avais quotidiennement des nouvelles par la presse ; mais la première, dont j'attendais fébrilement une lettre depuis des mois, semblait s'éloigner dans le silence. Où était-elle ? Comment traversait-elle les épreuves qui étaient imposées au peuple grec ? Tout, j'aurais tout donné pour un signe de vie.

– Où nous emmène-t-on ?
– Chut… Tais-toi, petit.
– J'ai peur.
– Nous avons tous peur ici.

La colonne progresse lentement sur le môle dans une nuit sans lune. À gauche, l'eau noire aux remous inquiétants. À droite, le mur de la jetée conçu pour arrêter les vagues. De tous côtés, des soldats lourdement armés. Des officiers à la tenue impeccable, revolver à la ceinture. Des chiens policiers. Quelques hommes en civil, simples matelots ou chefs de la Sûreté auxquels personne n'aurait envie de se frotter. À l'arrière, à l'autre bout de la digue, un véhicule militaire ferme la marche, tourelle pointée sur la colonne des prisonniers.

– Et le bateau ?
– …
– Nous ne monterons pas tous dans un caïque.
– …

Maintenant les hommes sont arrêtés devant l'embarcadère. Les plus fatigués d'entre eux ont posé à terre le baluchon qu'ils tenaient sur l'épaule. D'autres serrent contre leur poitrine la couverture qu'ils ont emportée. Au premier rang, deux barbus soutiennent un vieillard qui tient à peine sur ses jambes. Des gosses qui n'ont pas vingt ans tremblent de la tête aux pieds. La fatigue et de lourdes interrogations marquent les visages. Des regards fiévreux fouillent l'obscurité à la recherche d'un minuscule point lumineux.

Soudain un bateau perfore la nuit.

– Je l'aperçois.
– Tais-toi.
– Le bateau, la nuit.
– …

Un à un, les hommes montent à bord. De leurs pas mal assurés, ils franchissent la planche glissante qui sert de passerelle, une main tendue vers le bras de celui qui vient de poser les pieds sur le pont, l'autre prête à agripper la manche de celui qui suit. En une longue chaîne humaine, les prisonniers s'engouffrent dans le ventre du bateau dont les bouées s'écrasent contre le quai. De temps à autre, un soldat vocifère des ordres. Une cravache s'abat sur le dos d'un homme qui n'avance pas assez vite. Les chiens aboient. Les moteurs grondent. La fièvre du départ se propage de corps en corps.

En se retournant, les derniers à franchir la passerelle ont le temps d'apercevoir une autre colonne se former sur le môle. Ces silhouettes que l'on devine à peine dans la nuit… Cette masse humaine moins compacte… Ces chevelures que balayent les projecteurs du bateau à la manœuvre…

– Les femmes, nos femmes !
– Mais ferme-la, petit.

En une fraction de seconde, le prisonnier a bondi. Il s'est juché sur le pont. De ses mains en porte-voix, il a crié :
– *S'agapo, Maria ! S'agapo !*

Tout est allé si vite. L'homme qui venait d'apercevoir la femme qu'il aime. Son bras qui s'est levé. Son mot d'amour qui a embrasé le quai. La jeune femme qui le reconnaissait au loin, tandis que le bateau virait de bord. L'officier qui a saisi son arme. Son pas en avant. Le coup qui est parti sans sommation. Le cri de l'homme qui a déchiré la nuit. Son corps qui a heurté le parapet avant de basculer dans les flots. Le visage horrifié de la jeune femme dans le dernier faisceau. Les remous d'eau noire. Et ce rideau, ce rideau de larmes muettes qui tombe quand le navire disparaît au loin dans les ténèbres.

Un matin, alors que j'étais occupé à découper les articles du jour, un des éditeurs de la maison a fait irruption dans la pièce où je me trouvais, des coupures de presse à la main.

C'était un homme d'une trentaine d'années dont la présence m'a immédiatement impressionné. Bouille ronde. Tignasse indomptable. Mâchoire puissante. Une tête d'acteur américain, une gueule à la Marlon Brando. Ses premières paroles m'ont fait l'effet d'un uppercut :

– Bonjour, Antoine. Je suis Claude Durand, l'éditeur de la collection « Combats ». Et vous, jeune homme, dites-moi : c'est quoi au juste votre rapport à la Grèce ? Des parents grecs ? Une petite amie ?

J'ai bredouillé une réponse à peine audible, et il a posé sèchement les revues de presse des jours précédents sur la table.

– Parce que voilà huit jours que vous ne me donnez à lire que la crise politique en Grèce ! Comme s'il ne se passait rien d'autre en ce moment, en France ou ailleurs dans le monde…

Un instant, je me suis senti idiot, ne sachant que faire, ni quoi répondre. J'ai pensé que mon premier job était fichu, que j'allais me faire mettre à la porte. Mais c'est l'inverse qui s'est produit. Avec l'assurance des gens qui n'ont peur de rien, il m'a serré la main et m'a dit :

– Bon, écoutez-moi bien. *Primo*, il y a ce soir un meeting à la Mutualité, en solidarité avec le peuple grec. Allez-y et faites-moi un compte rendu précis de ce que vous aurez vu et entendu. *Secundo*, soyez dans mon bureau demain à 14 heures. J'y reçois des écrivains grecs en exil qui travaillent sur le coup d'État, la répression, la torture… Votre connaissance des articles parus dans la presse française depuis un mois ne sera sans doute pas inutile.

C'est comme cela que tout a commencé.

Je me suis trouvé embarqué dans une aventure dont je ne mesurais ni la portée ni les conséquences. Une porte s'ouvrait sur un monde dont je ne connaissais rien.

Cette journée… Ah ! je ne l'ai pas oubliée. Le grand rassemblement à la Mutualité… Bon sang ! De toutes les personnes présentes ce soir-là, je suis peut-être le seul à l'avoir vécu deux fois.

Une première fois dans la foule frémissante d'indignation et de colère, au milieu des Grecs en exil et des Parisiens venus exprimer leur solidarité avec le peuple grec. Ce meeting – mon premier meeting –, je l'ai vécu dans un tourbillon. Le chahut du rassemblement. Les embrassades de ceux qui se retrouvent après une longue absence. Les noms des « camarades » dont on est sans nouvelles. Les slogans qui fusent de toutes parts. Les bras qui se lèvent. Les drapeaux hissés au-dessus des têtes. Les partis politiques et les organisations syndicales qui distribuent des tracts. Les appels répétés à mettre les auteurs du putsch militaire au ban des nations. La protestation qui enfle dans les rangs. Les cris de colère. Les discours qui se succèdent à la tribune. Cette délégation que l'on décide d'envoyer à l'ambassade de Grèce. Et puis mon cœur, mon cœur qui s'est mis follement à battre, lorsque la musique d'un grand compositeur grec a retenti dans le théâtre de la Mutualité.

Cet événement, je l'ai vécu une seconde fois, le lendemain matin, face aux journaux étalés devant moi, dans la salle de travail de la rue Jacob. Pas une ligne dans *Le Figaro*, mais une pleine page dans *L'Humanité*, et ces mots qui m'ont fait sentir que j'appartenais pleinement, par mon histoire et mes convictions, au peuple de gauche :

« À la Mutualité, des milliers de Parisiens flétrissent le coup d'État fasciste d'Athènes. »

Dans l'après-midi, j'ai assisté à la réunion de travail qui devait décider de la publication d'un livre consacré à la crise grecque. Plus précisément au coup d'État du 21 avril et à la répression engagée contre les forces démocratiques. Les informations viendraient de l'intérieur puisque les auteurs se trouvaient en lien constant avec des Grecs restés au pays. Des témoignages seraient recueillis, collectés, comme ces dépositions faites sur la nuit du putsch, les rafles qui s'en sont suivies, les arrestations arbitraires, la déportation des prisonniers vers des îles transformées en bagne à ciel ouvert. Ce jour-là, le titre du livre a presque immédiatement été trouvé par l'éditeur :

LE LIVRE NOIR DE LA DICTATURE EN GRÈCE.

Autour de la table, tous étaient d'accord pour que l'on invite le lecteur à s'interroger sur l'apathie des gouvernements, en pointant du doigt la responsabilité de l'OTAN dans la crise politique majeure que traversait le pays. Une lutte s'engageait. Un commando d'intellectuels décidait de livrer un combat contre la dictature. Leurs travaux deviendraient bientôt le fer de lance de la résistance au régime des colonels.

La ferveur qui se manifestait dans cette réunion de travail était celle que j'avais rencontrée la veille au meeting de la Mutualité. Les personnes qui se trouvaient autour de la table avaient un amour si fort de la liberté, une démarche si volontariste, des engagements si tenaces... Pendant quelques heures, j'ai cru qu'il suffirait de faire pression sur la junte pour que cesse la mise à mort de la démocratie. Les mois et les années terribles qui allaient suivre me démontreraient que les choses ne sont pas aussi simples.

Maintenant les hommes sont assis les uns contre les autres. Sur le pont avant. À la poupe. À bâbord et à tribord. Dans la cale. Partout où se trouve une place disponible. Les plus chanceux se sont allongés en chien de fusil. Les autres ont posé la tête sur leurs avant-bras, genoux repliés pour permettre aux prisonniers placés devant eux de trouver un appui.

Personne ne dort.

Personne ne peut dormir.

Tous tentent de reprendre des forces pendant la traversée.

Où vont-ils ?

Aucun d'eux ne le sait.

Ils n'ont désormais qu'un mot en tête : déportation.

– J'ai déjà connu cela en 1948.

L'homme qui a prononcé ces mots à voix basse, évitant d'attirer l'attention des militaires, est plus âgé que les jeunes gens qui l'entourent. Ses traits burinés, sa barbe blanchie, ses mains calleuses croisées contre son front lui donnent l'allure d'un marin mis aux fers.

Dans un murmure que seuls ses voisins les plus proches peuvent entendre, il poursuit :

– La même chose déjà... La dictature. Les militaires. La peur. Un premier bateau nous a emmenés jusqu'à Nauplie...

Un instant il s'interrompt, attendant que le soldat qui effectue sa ronde s'éloigne.

– Nous y sommes restés plusieurs heures, couchés par terre, dans un délabrement total. En transit. Dans l'attente du bateau qui devait nous conduire à Makronissos.

Makronissos.

Dans la cale où les hommes sont entassés le mot se propage comme une odeur de putréfaction. Il sème la terreur sur son passage, fait trembler les plus jeunes et frémir les vieillards.

Makronissos, au large du cap Sounion.

L'île désertique que le régime avait transformée en bagne.

L'île-prison qui brise les plus aguerris.

Le centre de rééducation morale dans lequel l'idéologie communiste était purgée comme on purge un organisme malade.

Dans le tangage du bateau qui l'entraîne vers la nuit, l'homme se souvient.

Makronissos…

Échine sans eau, ni ombre.

Roc que frappait le marteau du soleil.

Pierres cassées, concassées, déplacées.

Pierres sous les pieds et dans le cœur.

Makronissos et la violence aveugle sur les esprits et sur les corps. Ses camarades interrogés. Ses camarades torturés. Leurs dépouilles dans la poussière.

Qui sont-ils ceux qui l'accompagnent aujourd'hui ?

Dans la pénombre de la cale, l'homme détaille le visage de ses codétenus. Beaucoup sont plus jeunes que lui, mais les jours qu'ils viennent de vivre ont durci leurs traits et éteint leur regard. Bon nombre d'entre eux ont été arrêtés le 21 avril ou dans les jours qui ont suivi, puis transférés à l'hippodrome du Nouveau-Phalère.

– Quel jour sommes-nous ?

– Nuit du 27 au 28.

Tandis que l'homme revit en pensée les mois de détention qu'il a connus vingt ans plus tôt, un prisonnier a collé sa joue contre la coque du bateau.

– Non, nous n'allons pas à Makronissos. Je connais la mer, les gars. Le bateau file plein sud contre les courants dominants.

Un autre chuchote à l'attention de tous :

– Il a raison. En partant du Pirée, comme nous l'avons fait, le bateau aurait dû virer à l'est pour atteindre le cap Sounion. Il est certain que nous n'allons pas à Makronissos.

C'est Aris Fakinos et Clément Lépidis, deux des intellectuels rencontrés dans le bureau de Claude Durand, qui m'ont ouvert les yeux.

Je garde du premier le souvenir d'un homme passionné et passionnant, qui parlait aussi bien de littérature et de musique que de politique et d'histoire. Il avait fui la Grèce au moment du coup d'État, après avoir enseigné à l'Institut français d'Athènes, à Kalamata et en Crète où il rédigeait des reportages pour le journal *Allaghi*. Aris Fakinos, le premier exilé grec avec lequel je me suis lié. Douze ou treize ans de plus que moi, toute une vie derrière lui, des romans à écrire, des combats à mener, sa place à faire dans le pays qui l'accueillait… Les mois que nous avons passé ensemble, à Paris, ont fait de lui l'ami bienveillant dont j'avais besoin. Derrière ses grosses lunettes rectangulaires, son regard exprimait une profonde compréhension de celui que j'étais alors.

Avec Clément Lépidis, les choses étaient différentes. Plus âgé, profondément attaché à Paris où il était né après que ses parents eurent fui les massacres d'Asie mineure dans les années 1920, il se comportait avec moi en père de famille, soucieux de ma santé et de mon moral. Le « grand sifflet », comme se nommait lui-même cet homme au physique dégingandé, aimait expliquer les choses et ne manquait jamais une occasion de mettre les points sur les i. Non, l'exil d'Aris Fakinos n'avait rien à voir avec le sien. Non, il n'appartenait pas à la même génération de Grecs. Ses parents étaient originaires d'Anatolie, ils avaient fui la guerre contre les Turcs. C'était une autre époque, un autre exil.

Un dimanche à midi, alors que je vivais péniblement la solitude de ma chambre de bonne, il m'avait invité chez lui, à Belleville. Après le repas, il avait tenu à me faire visiter le quartier que je ne connaissais pas.

– Ah ! Belleville… m'avait-il dit alors. Les choses ont beaucoup changé, petit. À l'époque, mon père travaillait dans la chaussure, comme bon nombre de réfugiés grecs et arméniens. En ce temps-là, Belleville était un village. Il y avait une ambiance, une architecture, une population intégrée depuis longtemps, une façon de vivre en harmonie avec l'environnement. Tiens, je me souviens des petits métiers de nos voisins : les rémouleurs, les ébénistes, les vitriers… Et même des chevriers ! Oui, Antoine, lorsque j'étais gosse il y avait un troupeau de trente à quarante chèvres en bas de la rue de Belleville.

Comme je manifestais mon étonnement, il m'avait expliqué que ce Belleville n'existait plus, qu'il avait foutu le camp avec les démolitions du quartier. Je me souviens de sa colère contre les promoteurs immobiliers qui avaient anéanti les lieux de son enfance.

– Des casseurs, des salauds, des assassins ! avait-il ajouté, la rage au cœur.

J'ai failli lui dire que ces salauds étaient des enfants de chœur en comparaison de ceux qui s'étaient abattus sur la Grèce, mais je me suis tu. Après tout, il n'avait peut-être pas tort : les tanks et les banques ont souvent fait bon ménage.

Des deux écrivains grecs que j'ai eu la chance de côtoyer en cette période, c'est Aris Fakinos qui a le plus contribué à l'éveil de ma conscience. Et, curieusement, c'est par la poésie que cela a commencé.

Lors d'une de nos réunions de travail, en juin 1967, Claude Durand avait tenu à parler des écrivains grecs déportés sur les îles transformées en prisons à ciel ouvert. Dans la conversation, le nom de Yannis Ritsos a immédiatement été prononcé.

Ritsos, le poète dont me parlait sans cesse Fotini au cours du mois d'août 1966, lorsque mon voyage en Crète était devenu un voyage d'amour.

Ritsos dont plusieurs livres se trouvaient sur l'étagère de sa chambre d'étudiante à Héraklion.

Ritsos dont elle pouvait citer des poèmes entiers, des larmes dans les yeux et le cœur gonflé de la fierté d'être Grecque.

L'information donnée par Aris Fakinos m'a aussitôt fait déchanter : on savait de source sûre que Yannis Ritsos avait été arrêté à son domicile, au moment du coup d'État, et emprisonné à l'hippodrome du Nouveau-Phalère avec des milliers d'autres détenus. Où était-il aujourd'hui ? Difficile à dire. Quelque part dans un camp, à Makronissos ou ailleurs.

Ce jour-là, Claude Durand a ouvert un placard et longuement fouillé dans des dossiers. Il en a retiré un journal et me l'a tendu.

– Tiens, Antoine, je te l'offre ! Dans ce numéro paru il y a dix ans, très exactement le 28 février 1957, Aragon reconnaissait l'immense valeur de Yannis Ritsos. Je le cite : « Il faut savoir saluer Ritsos, et le dire très haut, c'est un des plus grands et des plus singuliers parmi les poètes d'aujourd'hui. »

J'ai saisi le journal. Deux bandes vertes en encadraient le titre qui surmontait le nom de ses fondateurs :

LES LETTRES FRANÇAISES
Fondateurs : Jacques Decour (fusillé par les nazis)
et Jean Paulhan
Directeur : Aragon.

Une île.
Un roc.
Une prison.

Il n'y a là ni eau, ni ombre, ni rien qui vaille en ce bas monde.

Au petit jour, les prisonniers débarquent sur la grève d'une baie. Des poutres en acier et de gros blocs de béton jonchent le sol. Les restes d'un embarcadère, et cette peine que chacun trimballe avec soi en posant le pied sur la terre ferme après sept heures de traversée.

– Où sommes-nous ?
– …
– Camarade, dis-moi où nous sommes.
– À Yaros, fiston.

Un camp entouré de barbelés.
Des pierres pour horizon.
Des terriers où s'engouffrent des rats énormes.
Des collines pilées par le marteau du soleil.

Tandis que les militaires organisent le rassemblement des hommes au pied d'un baraquement, un détenu dissimulé au milieu du groupe prend la parole à voix basse :

– L'île compte quatre autres baies comme celle-ci, qui ne sont accessibles que par la mer. Au total, il y a donc cinq camps de prisonniers sur Yaros.

Premiers ordres vociférés.

Appel. Vérification des identités.

Répartition des groupes. Séparation. Silence.

– Toi, là !

Une cravache s'abat sur le dos d'un détenu.

Une autre redresse un menton.

Une troisième badine dans la main d'un officier.

– Ici, tu ne vas pas rigoler.

Les premières explications tombent comme une pluie de pierres. Les hommes qui sont ici ne sont plus des citoyens grecs. S'ils ont été arrêtés, c'est qu'ils méritaient de l'être. Qu'ils s'estiment heureux de n'avoir pas été abattus comme des chiens pour entrave au bon fonctionnement de l'État. Le nouvel ordre grec leur offre une occasion unique de changer. Yaros n'est pas un bagne mais un camp de purification sociale.

Un lieu de dératisation de l'esprit.

Un centre de décoloration idéologique.

– À Yaros, personne n'aime les rouges ! Compris ? hurle un officier.

Ici, les règles de vie sont simples :

Interdiction formelle de se rassembler.

De se nommer « camarade ».

De manger ensemble.

Ici, on apprend à prononcer le nom de la Grande Patrie. On se purge des toxines de *L'Internationale*.

– Tout individu qui commettra une infraction au règlement sera puni sur-le-champ.

Le bras de l'officier pointe un figuier qui paraît avoir poussé comme par miracle au milieu de nulle part. Des détenus le regardent sans comprendre. D'autres, plus âgés, frémissent en apercevant les branches du seul arbre de l'île. L'un d'eux ferme les yeux, comme aveuglé par le soleil. Il se souvient. C'était en 1949. Un garçon de vingt ans. On l'avait suspendu aux branches du figuier, puis on l'avait battu à mort. Son corps y était resté suspendu pendant des jours, comme un pantin désarticulé, jusqu'à ce qu'on le décroche pour céder sa place à un autre prisonnier.

Qui sont-ils ceux qui entourent l'homme perdu dans ses pensées en ce matin d'avril 1967 ? Des terroristes qu'il convient de mettre hors d'état de nuire ? Des prisonniers de droit commun que l'on isole pour prévenir les récidives ?

Allons…

Ce jeune homme qui tremble de ne pas savoir ce qui l'attend, était-il étudiant à l'université ou gréviste dans une usine ?

Et cet autre, là-bas, le petit aux larges épaules qui se mord les lèvres pour ne pas crier, a-t-il collé des affiches à l'aube dans les rues d'Athènes ?

Cet homme d'âge mûr qui se tient droit au premier rang, observant les militaires derrière ses lunettes rondes, c'est un instituteur de campagne, n'est-ce pas ? Un de ceux qui enseignaient à lire, à écrire, à compter aux enfants.

Et ces trois barbus au regard froid, qui se tenaient déjà côte à côte sur le bateau, des syndicalistes ? Des communistes ? De simples sympathisants de gauche ?

Dans la foule des détenus qui s'amassent sur la grève, et que la noria des bateaux continue à grossir, l'homme a reconnu un journaliste de la télévision. Qu'il est étrange de le voir ici, avec sa chemise blanche et sa cravate, ses moustaches soigneusement taillées, comme s'il venait d'être arrêté au sortir d'une émission.

Signera-t-il la déclaration de repentance dont les militaires viennent de parler ? Ce document par lequel les détenus de Yaros reconnaissent qu'ils se sont trompés. Qu'ils ont professé par erreur des idées de gauche. Qu'ils abjurent le communisme, comme on abjure une hérésie. Une simple signature attestant que vous ferez allégeance au nouveau régime, et vous êtes libre !

Signer, c'est être sauf.

Ne pas signer, et brûler comme une carcasse d'oiseau au soleil de midi.

Dans la troisième baie, celle où s'entassent les intellectuels et les cadres du Parti communiste, un homme aménage le petit espace où il sera désormais contraint de vivre. Il ne fait pas partie des détenus qui ont eu la chance de pouvoir s'installer dans la bâtisse en dur autrefois construite par les prisonniers de la guerre civile. La chance ? Sûrement pas, l'air y est irrespirable, glacial en hiver, étouffant en été, et le salpêtre qui ronge les murs l'aurait condamné à des complications pulmonaires. À tout prendre, mieux vaut dormir sous la tente qu'on vient de lui donner. Sa toile en est trouée, elle sent la moisissure, le premier vent violent l'emportera, mais elle lui évitera une promiscuité pesante. Une fois les pierres qui sont au sol dégagées, il parviendra à créer un espace habitable.

Avec des gestes méthodiques, l'homme dépose sur une roche plate les quelques effets personnels que les militaires ne lui ont pas arrachés : une couverture, un peigne, une assiette en métal, un quart émaillé, quelques vêtements, une boîte de bougies, une petite icône… Et puis ces trois galets qu'il a ramassés sur la grève lorsque le bateau a déversé sa cargaison de malheureux dans la baie de Yaros. Ils sont si purs, si blancs, si doux au toucher, ces galets que la fureur du temps a polis. Personne ne devine de quelle profondeur ils proviennent, quelle humble fierté ils portent, quelle lumière ils nous offrent en cette obscurité, se dit l'homme en disposant ses galets autour de la petite icône.

Le premier, il en est sûr, est le visage d'un jeune dieu. Ces lignes épurées, ce regard qui semble tourné vers l'intérieur, cette chevelure ébouriffée par le vent… Sans un geste, les yeux clos, l'homme dessine sur le galet. Il peint. Il grave. Arpente la pierre comme on arpente un paysage.

Et celui-là ? Deux visages peut-être, aux traits androgynes, un baiser que l'on devine sans le voir.

Le troisième galet, cerclé de noir et de traces ferrugineuses, semble avoir été arraché aux griffes des coraux. Une pieuvre ? Non. Un soleil qui ferait éclater la crête des montagnes ? Pas davantage. C'est de visages humains, de visages d'hommes et de femmes, de visages de dieux aimants dont nous avons ici besoin, se dit l'homme en regardant les trois galets posés sur l'iconostase de sa prison.

– Ton nom ?

Deux militaires viennent de faire irruption devant la tente que l'homme finit d'installer. L'un tient un registre qu'il s'apprête à renseigner. L'autre l'assiste, une mitraillette pointée sur le détenu.

– Ton nom ! Tu es sourd ou quoi ?

– Yannis Ritsos.

– L'écrivain ?

– Oui, c'est moi.

– Ton âge ?

– Cinquante-huit ans… dans deux jours.

L'officier marque un temps de silence. Deux doigts pianotent sur le manche de sa matraque.

– Né un 1er mai ? Ah ! Communiste de merde.

Tandis que les militaires s'éloignent, lui reviennent en tête les vers d'un poème qu'il n'a fait qu'ébaucher :

À l'état civil, ces dernières années on m'a attribué
ma date de naissance la plus improbable : 1909.
Je m'en suis accommodé et je m'y tiens. Finalement,
en 3909, je me suis assis sur un banc pour fumer une
cigarette.

C'est alors
que rappliquèrent les flatteurs pour se jeter à mes pieds,
me passer aux doigts des bagues étincelantes.
Ces ignorants ne se doutaient pas
que je les avais moi-même confectionnées avec les douilles des balles
qu'ils tiraient dans les collines…

1er mai. D'autres bagues, d'autres douilles. D'autres cigarettes aussi. Les pensées se bousculent dans la tête du poète. Voici qu'il retrouve en songe l'image de cette mère effondrée sur la chaussée. Trente et un ans déjà. Il s'en souvient comme si c'était hier.

Ce 1er mai 1936, les ouvriers des manufactures de tabac défilent dans les rues de Thessalonique. Soudain, c'est le chaos. La police charge les manifestants. Leurs protestations sont réprimées dans le sang. « *Un jour en mai tu es parti, et je te perds, mon fils…* » La voici. La voici la scène qui le hante depuis tant d'années : au milieu de la rue, une mère pleure son enfant abattu. La dictature a fait tomber sa herse sur le cou des colombes. Le lendemain, le poète découvre dans les journaux la photo de cette mère défaite de chagrin sur le cadavre de son fils. Son cri le brûle. Sa détresse, inhumaine détresse, taraude le fils, le père, le frère, l'amant, l'homme qui sont en lui. Et ses mots rouleront sur ses joues, ses mots de tous les jours, endimanchés de deuil sur la tombe des anges.

La suite, il ne la connaît que trop.

En deux jours et deux nuits, enfermé dans sa petite chambre de la rue Methonis, à Athènes, il avait composé

Epitaphios, le long poème que le journal *Rizospastis* allait bientôt publier, faisant battre le cœur de milliers de gens. Mais c'était sans compter sur la loi martiale. Le 4 août 1936, en pleine dérive fasciste, les exemplaires du journal avaient été saisis et brûlés devant les colonnes d'un temple à Athènes. Il s'en était fallu de peu ce jour-là…

– **O**n la surnomme « l'île du Diable ».

Aris Fakinos, que je rencontrais deux à trois fois par semaine, venait d'apprendre que Yannis Ritsos ne se trouvait pas à Makronissos mais à Yaros, une île minuscule qu'il pointait du doigt sur la carte dépliée devant nous. Ses explications m'ont glacé. Je leur dois d'avoir compris, j'allais dire, presque physiquement, ce qu'est la dictature.

Les deux pages qu'Aris entendait consacrer à Yaros dans *Le Livre noir de la dictature en Grèce* étaient là, entre mes mains, rédigées dans la nuit, avec ce sentiment d'urgence qu'il imprimait à toutes choses. Elles débutaient de façon presque pédagogique, avant de plonger comme une falaise dans les eaux noires du malheur. On y lisait que Yaros, ou Youra, est une île des Cyclades, à peu près à mi-chemin de Kéa, d'Andros et de Tinos, en mer Égée. Un gros rocher battu par les vents et infesté de rats. Pas d'arbres. Pas d'eau. Pas d'habitants. Sous l'Empire romain, l'île était considérée comme trop inhospitalière pour y servir de lieu d'exil. Or, c'est dans ce lieu désert qu'ont été déportés plusieurs milliers de détenus dans les semaines qui ont suivi le coup d'État.

Tandis que je lisais les deux feuillets dactylographiés qu'il venait de me tendre, Aris a allumé une cigarette.

– Antoine, le pire, c'est cela ! m'a-t-il dit en pointant un passage situé entre guillemets. Lis-le à haute voix, s'il te plaît.

Je ne me suis pas fait prier.

« Les détenus gardés à Yaros sont privilégiés. Ils y passent de véritables vacances. Ils se baignent dans la mer. La nourriture est excellente, celle des soldats. Et tout cela aux frais de l'État… »

Ce jour-là, j'ai compris ce qu'est la désinformation. Avec de tels propos, la propagande de la junte causait de gros dégâts dans l'opinion. Elle offrait des ailes à la mauvaise foi de ceux qui fermaient les yeux sur les exactions du régime.

En journaliste averti, Aris avait fait suivre la déclaration mensongère du général Pattakos de témoignages de prisonniers. On y découvrait combien les conditions de vie étaient effroyables à Yaros. L'eau que l'on amenait par bateau du Pirée ou de Syros était fétide. La nourriture manquait. Les morsures de rats y étaient fréquentes. En l'absence de latrines et de système d'évacuation, l'île était devenue une infection.

C'est donc là que se trouvait le poète dont Fotini me lisait de si beaux vers. Qu'avait-il fait pour mériter cela ? Quel crime avait-il commis ? Lui que l'on disait de santé fragile, comment supporterait-il une détention si éprouvante ?

Le travail que j'effectuais dans la maison d'édition, où serait publié le livre auquel travaillaient Clément Lépidis et Aris Fakinos – ainsi qu'un journaliste grec, Richard Soméritis, que je n'ai rencontré qu'une fois –, prenait une tournure bien différente de celle que j'avais imaginée. Je continuais chaque matin à établir la revue de presse du jour, puis on me libérait pour que j'aille prêter main-forte à mes amis. Nous nous retrouvions alors dans l'arrière-salle d'un restaurant grec de la rue Mouffetard, au domicile de l'un ou de l'autre, quelquefois dans un bureau inoccupé de la maison d'édition, et nous travaillions d'arrache-pied à l'ouvrage que les auteurs espéraient voir paraître rapidement.

Dans le même temps, venait de naître *Athènes-Presse libre*, un bulletin d'informations et de documentation sur la Grèce, rédigé bénévolement par des journalistes français, grecs ou belges, qui menaient en toute indépendance un travail de résistance intellectuelle au pouvoir de la junte. Des articles publiés dans ce bulletin hebdomadaire servaient de base de travail à l'ouvrage qui s'édifiait sous mes yeux, et les tâches que l'on me confiait – répertorier, classer, tenir à jour des dossiers thématiques – ont fait de moi, pendant près d'une année, l'assistant d'un petit groupe d'intellectuels entrés en résistance. Il faut des hommes et des femmes de cette trempe pour que le bateau de l'humanité puisse poursuivre sa route sans sombrer dans le désespoir.

– Tu as entendu ces cris ?
– Je sais.
– Mon Dieu, c'est terrifiant.
– Je sais.

Les cris qui viennent de déchirer la nuit proviennent du camp où se trouvent les prisonniers politiques. Entre les cuisines et le bâtiment administratif, à quelques dizaines de mètres du figuier de torture, une bâtisse accueille ceux que l'on entreprend de faire parler. « Avec qui ? Parle. Ah ! Tu te tais. Arrachez-lui les ongles. Et maintenant ? Voyons, reprenons : Quel est ton nom ? Ton âge ? D'où viens-tu ? Quoi, tu l'as déjà dit cent fois ? Mais non ! Vous connaissez son nom, les gars ? Parle, te dis-je, si tu veux ressortir vivant de cette pièce. Reprenons : Avec qui étais-tu ce jour-là ? Un nom et on te laisse tranquille. Tu ne réponds toujours pas. Très bien. La *falanga*, tu connais ? Tiens, petit, assieds-toi sur ce banc. Non, comme cela, sans tes habits. Tu n'as pas besoin de tes habits, la nuit est chaude. Attachez-le solidement sur le banc, vous autres, vous voyez bien qu'il ne tient pas debout. Que préfères-tu, petit, le bambou ? Le fil de fer ? Le tuyau en métal ? Eh ! vous autres, savez-vous que les plus paresseux préfèrent la barre en métal. Ils savent qu'elle leur pétera les pieds et les tibias, comme ça, d'un coup, et qu'ils ne marcheront plus. Finies les corvées dans le camp. Le nettoyage des chiottes. Le terrassement. Ah, les salauds ! Toi, petit, tu n'es pas comme ça. Tu as du courage à revendre mais tu as la peau tendre. Le jonc ! Je sais que tu vas aimer le jonc ! Tiens, prends ça. Encore et encore. Putain, c'est bien vrai que ta peau est tendre. Une vraie peau de bébé. Qui éclate pour un oui ou pour un non. Demain, je te l'enfilerai dans l'anus. Tu aimeras ça, tu verras. Un peu de patience, nom de Dieu. En attendant, prends ça. Profites-en ! Régale-toi ! Quoi ?! Ma parole, mais tu cries. Tu ne sais donc pas parler ? Reprenons… Quoi, non ? Monsieur a mal aux pieds ? Monsieur voudrait les conserver, ses pieds ? Entendu, entendu. Allez, vous autres, bougez-vous. Allez chercher du sel. »

– Il ne crie plus.
– Non, il ne crie plus.
– Tu le connaissais ?
– Nous nous connaissons tous ici.

Le soir, dans ma piaule du Quartier latin, je relisais les lettres que Fotini m'avait adressées quelques mois auparavant, lorsque je vivais encore chez mes parents, à Lyon, et que je m'accrochais tant bien que mal à mes études.

Je l'imaginais à l'université, vibrante de passions pour les cours de littérature ; dans les tavernes populaires, écoutant du *rebetiko* tard dans la nuit, avec des camarades qui voulaient refaire le monde. Je la voyais dans sa chambre du quartier Analipsi, à Héraklion, là où nous avions passé de longues heures à discuter et lire de la poésie. Ces livres sur l'étagère… Cette photographie de Yannis Ritsos découpée dans le journal, qu'elle avait fixée au mur… Le petit bureau, la lampe, la chaise en paille… Cette porte en bois qui grince dès que le vent se lève…

Oh, que je l'entendais dans mes soirées de solitude à Paris, cette porte qui grinçait à Héraklion ! Il me suffisait d'y songer pour voir aussitôt s'ouvrir les yeux de ma belle sur un matin d'avril.

Elle entrouvre les paupières.

La lumière du matin emplit déjà sa chambre.

Elle entend les pas des voisins qui vont et viennent dans la cour, les enfants qui se préparent à partir à l'école, un chien qui aboie dans la rue, la rumeur de la ville qui enfle comme une voile à la sortie du port.

Une odeur de pain grillé monte de la cuisine où sa logeuse s'active déjà depuis deux heures.

Allez, ma belle, il est temps de se lever ! Surtout un jour comme celui-ci. D'ordinaire, tu ne traînes pas au lit le matin, tu émerges avec le soleil et lorsque ses rayons viennent frapper le mur de ta chambre, au fond de la terrasse où sèche le linge de la famille qui occupe tout le rez-de-chaussée de la maison, tu es déjà prête à partir.

Que de fois tu es arrivée la première à l'université, obligée de patienter devant une porte close, et regrettant de n'être pas allée te baigner dans la petite crique que le bus longe avant d'obliquer vers le campus.

Ce matin, il n'y aura ni baignade ni cours, et si tu te lèves tard, c'est que la nuit a été courte. Il y a d'abord eu l'assemblée générale des étudiants, le discours des délégués, de longues controverses pour savoir s'il fallait ou non prendre part à la manifestation citoyenne d'aujourd'hui, le vote à main levée, les cigarettes grillées dans la salle du foyer (ce matin, tes habits empestent le tabac froid), cette ardeur militante que tu aimes tant.

Qu'elle te paraît loin, tout à coup, l'enfance au village, sur le versant sud des pentes du Dikti, dans les montagnes de Crète ! Et le rassemblement de la famille au moment de la récolte des olives, les fêtes religieuses, le silence de ton père devant l'actualité…

Ce refus de parler politique à la maison, Fotini ne le comprenait pas. À vingt ans, elle faisait partie de ceux qui ne font pas semblant de tout connaître. Elle parlait et écoutait. Questionnait. Se forgeait une opinion par elle-même, sans se laisser embarquer par l'exaltation d'une amie ou les réticences d'une autre.

La grande manif du 21 avril 1967, à Héraklion, je sais qu'elle y était. Sans réserve. Avec de l'enthousiasme à revendre. Comme la majeure partie de ses camarades.

Est-ce elle qui a prononcé cette phrase, quelques jours plus tôt, lors de l'assemblée générale des étudiants : « Il faut descendre dans la rue, massivement, pour dire non aux factieux et à la restriction des libertés » ? Des applaudissements ont fusé dans la salle, et le vote a entériné la décision. Vous ne saviez pas alors, tes camarades et toi, qu'un coup d'État aurait lieu à Athènes dans la nuit précédant votre rassemblement. Étrange coïncidence.

Qu'a-t-elle fait, Fotini, ce 21 avril, avant de partir rejoindre les autres au centre d'Héraklion ?

Elle a regardé les icônes posées sur sa table de travail, sa main a effleuré le dos des livres soigneusement rangés sur l'étagère, puis elle a saisi la photographie en noir et blanc où nous étions tous les deux enlacés, elle l'a portée contre son cœur, hésitant un instant à la glisser sous ses vêtements. Mais elle le savait bien : on n'emporte rien avec soi dans une manif, rien qui puisse permettre à la police d'identifier un proche.

Trois minutes plus tard, ce n'est pas la jeune fille cheveux au vent des autres matins qu'a vu passer Mme Hatzidaki, sa logeuse, mais une Fotini habillée en garçon. Un pantalon court, trop large pour elle, qui rappelle le *vraka* traditionnel que bien des hommes portent encore dans les campagnes ; une chemise noire serrée à la taille par une large ceinture, et un petit gilet où s'estompent les formes de sa poitrine ; un foulard, noir lui aussi, qui emprisonne sa chevelure.

Fotini s'est habillée en garçon, mais son sourire est bien celui des autres jours. Elle chante presque, celle qui dévale les escaliers et franchit le seuil de la maison, sa joie de vivre en bandoulière.

J'ai tellement songé à la grande manifestation du 21 avril, en Crète, que j'ai le sentiment de l'avoir moi-même vécue.

Dehors, la ville fleure le printemps.

La lumière inonde les façades.

Sous l'arche de la porte d'entrée, le soleil infuse dans les grappes de fleurs violettes et le feuillage des glycines.

D'un regard, Fotini en suit les branches noueuses, puissamment torsadées, qui épousent la pente de la ruelle, s'enroulant aux grilles qu'elles ont fini par déformer.

D'un pas alerte, elle s'engouffre dans les rues, guidée par la rumeur qui monte de la ville.

De toutes parts, des hommes et des femmes, des enfants, des étudiants, descendent des collines pour rejoindre la foule des manifestants qui affluent vers la *plateia Eleftheria*, la place de la Liberté, non loin du port vénitien.

A-t-on déjà vu tant de monde à Héraklion ? Une vibration sourde monte du sol que martèlent des milliers de pas. En ce jour de drame national, la grande cité crétoise est devenue le bastion de la démocratie. La forteresse qui protège l'entrée du port se double d'une autre muraille, celle que la foule compacte forme dans un maillage toujours plus serré. Des slogans fusent. Pancartes et banderoles se dressent au-dessus des têtes. « Vive la démocratie ! », « La liberté et l'amour ! », « Non à la corruption ! ».

Au milieu de la foule, Fotini est parvenue à retrouver un noyau d'étudiants. Pas question de se regrouper en grand nombre en tête de cortège. La consigne donnée est claire, elle sera respectée : « C'est au milieu des autres que nous devons défiler. Ce combat n'est pas seulement celui des étudiants, il est celui de tous. La défense de la démocratie n'a que faire des corporations. »

Fotini est entourée de mille visages qu'elle ne connaît pas mais qui scandent les mêmes slogans. Autour d'elle, dans le rassemblement bigarré de ce vendredi contestataire, des maçons venus des quartiers populaires, des pêcheurs qui ont abandonné leurs filets sur le port, des paysans surgis des villages environnants, des nourrices qui donneraient le sein en marchant s'il le fallait, des professeurs, des cafetiers, des avocats, des petits commerçants, des boulangers, des plombiers, des fileuses, des rémouleurs, des meuniers, des lavandières, des chiffonniers, des syndicalistes qui collaient hier des affiches, de simples pères de famille inquiets pour l'avenir de leurs enfants, et la foule, la foule immense des anonymes, des sans-grade, des petites gens qui ne savent pas ce qu'ils mangeront demain mais qui ne veulent plus ni guerre civile ni dictature, toutes celles et ceux pour qui la liberté de penser et d'agir est aussi importante que le pain.

L'ai-je rêvée, cette Fotini que la solidarité populaire tenait vive ? Non, elle était ainsi lorsque nous nous sommes rencontrés en Crète au cours de l'été 1966. Lorsqu'elle m'écrivait, avant le coup d'État, pour me parler de ses études, de ses passions, de son engagement en faveur de la liberté.

Elle était ainsi lorsqu'elle me lisait les poèmes de Yannis Ritsos. Lorsqu'elle défendait l'idée du théâtre pour tous et d'une terre pour chacun.

Le cortège avance lentement en direction du port. Une longue marche pacifique, sans armes ni violence, habitée par la seule conviction que la démocratie finit toujours par triompher du mal.

Mais bientôt une rumeur traverse la foule dans un affolement de bête efflanquée : ce qui s'est produit à Athènes durant la nuit n'est pas un simple durcissement de la situation générale, c'est un coup d'État qui paralyse la capitale avant de s'étendre à l'ensemble de la Grèce. Si Athènes est aujourd'hui sous la botte des militaires, comment espérer que le reste du pays puisse demain leur échapper ? En vérité, le monde grec bascule à nouveau dans la dictature. En l'absence de leader politique, des manifestants bien informés s'emparent d'un micro et prennent la parole devant la foule. L'un d'eux affirme que l'armée a pris le contrôle de toutes les instances politiques du pays : Parlement, Palais royal, ministères… Les chars seraient rentrés dans la ville. Le Premier ministre, Panagiotis Kanellopoulos, aurait été arrêté à l'aube à son domicile, ainsi que les principaux leaders politiques de la droite, du centre et de la gauche. De gigantesques rafles auraient eu lieu dans la nuit ; d'autres arrestations seraient en cours. Des milliers de personnes se trouveraient sur la sellette. Radio et télévision seraient tombées aux mains des colonels.

Un chaos bien orchestré.

L'état de siège.

Des noms commencent à circuler dans la foule. La junte qui a pris le pouvoir à Athènes serait dirigée par les colonels Georgios Papadopoulos et Nikolaos Makarezos, des ténors de la lutte anticommuniste.

Un autre nom circule, qui fait tressaillir les Crétois venus par milliers exprimer leur attachement aux valeurs démocratiques : celui de Stylianos Pattakos, un général de brigade, lui aussi farouchement hostile aux idées de gauche. Les étudiants le connaissent puisqu'il est né à Agia Paraskevi, non loin de Réthymnon. Stylianos Pattakos, un de ceux qui cassaient du communiste lors de la guerre civile, entre 1946 et 1949. Triste mémoire.

À l'approche du port, des manifestants se sont hissés sur un mur avec un mégaphone.

– Camarades… Camarades, écoutez ! La situation est confuse à Athènes, mais nous savons que la radio est aux mains des forces armées.

L'homme qui a pris la parole, un moustachu qui se tient droit et fier dans le vent, vient de sortir une dépêche de sa poche.

– Les liaisons téléphoniques sont coupées. Athènes est isolée, prise en otage, paralysée, mais des camarades ont réussi à entrer en contact avec nous.

L'homme déplie la feuille qu'il tenait entre ses mains.

– Les communiqués diffusés par l'armée voudraient faire croire que le coup de force est légal, que la vraie liberté du peuple est arrivée, que le roi a lui-même signé un décret restreignant les libertés.

Un autre manifestant s'est emparé du mégaphone.

– La situation est confuse, mais la vérité est simple, camarades : les colonels ont pris le pouvoir par la force. C'est un coup bien monté !

Au milieu de la foule, ce 21 avril 1967, dans ses habits de garçon, avec son cœur qui bat la chamade, ces slogans qu'elle entonne, son envie de rire et de pleurer, de crier, le goût de la liberté qui craquelle ses lèvres comme le sel fend la terre, Fotini devait savoir que ses vingt ans ne seraient jamais plus le temps de l'insouciance. Une porte se fermait sur elle et sur ses camarades.

Demain ne ressemblerait pas à hier.

La loi martiale allait s'étendre sur le pays. Les rassemblements seraient interdits. Les réunions d'étudiants, où l'on fume, où l'on boit, où l'on chante, où l'on refait le monde parce que le monde a besoin d'être refait, seraient cassées par l'armée et sa cohorte de mouchards. Des arrestations auraient lieu si l'on n'y prenait garde. Demain, oui, demain, la plus belle part de la vie deviendrait clandestine.

Comment la manifestation d'Héraklion s'est-elle terminée ? C'est Aris Fakinos, toujours bien informé, qui me l'a raconté. Au début, les manifestants n'avaient pas vu les forces de l'ordre, mais les militaires étaient là, en grand nombre, prêts à intervenir. Des slogans contre des uniformes. Des mots contre des fusils. La grande marche d'Héraklion devait être pacifique ; elle l'est restée. Peu à peu, les militaires ont dispersé la foule, les gens sont rentrés chez eux, les rues ont retrouvé leur calme. Personne ne pouvait imaginer que le grand froid de l'hiver allait à nouveau s'abattre aussi sur la Crète. Pour combien de temps ? Personne n'était en mesure de le prédire.

Ce jour-là, Fotini a retrouvé sa chambre du quartier Analipsi, ses livres sur l'étagère, les icônes, la photo de Yannis Ritsos qui venait d'être arrêté sans qu'elle le sache.

Le vent est tombé.

La porte qui donne sur la cour ne grince plus.

Pourquoi les mots du poète qu'elle aime le plus au monde lui viennent-ils soudain à l'esprit ? Elle ne saurait le dire, mais les vers de la *Vieille mazurka au rythme de la pluie* sont là, dans le silence de la pièce, pareils à des tourterelles immobiles sur un toit avant la tombée du jour :

Qu'importe qu'il ne soit pas rentré ? L'ombre et la lumière
se séparent sans un mot
devant la porte de la cour – une porte déteinte – elle devait
être verte autrefois
C'est le soleil qui l'a déteinte. Tu as dit : adieu embrasse
pour moi tous les copains…

Il avait attendu qu'on vienne le chercher.

D'autres que lui seraient peut-être partis se cacher, changeant régulièrement de domicile, quémandant un hébergement temporaire chez des amis, se contentant des combles d'une maison, d'un abri de fortune à la montagne, d'une cabane de pêcheur en bord de mer, avec la peur permanente d'entendre la police cogner à la porte en pleine nuit. Mais lui, non. Il était resté à son domicile, à Athènes, une valise posée dans l'entrée, ses objets de première nécessité soigneusement rangés – un tube de dentifrice, une brosse à dents, un pantalon, une chemise, quelques sous-vêtements, un tricot de laine pour l'hiver, des médicaments, une icône –, et la conviction qu'il aurait de la chance, beaucoup de chance, si les hommes de la Sûreté le laissaient emporter tout cela avec lui.

Bien sûr, l'appréhension d'entendre la police arriver ne l'avait pas quitté. Il savait combien ces moments sont terribles. Le plus souvent, cela se produit à l'aube ou une fois la nuit tombée. Une voiture surgit dans la ruelle sans crier gare, les pneus crissent sur le gravier, des hommes armés en descendent, des portes claquent, tandis que le moteur du véhicule continue à tourner. Dix secondes plus tard, il y a ces coups répétés à la porte d'entrée, des ombres noires qui se faufilent devant chaque issue possible, les armes automatiques prêtes à déclencher leur furie meurtrière, ces ordres impérieux prononcés dès que vous ouvrez la porte, le canon des fusils pointé contre votre poitrine, votre cœur qui bat à tout rompre, la peur incontrôlable qui s'empare de vous, le fumier des paroles déversé sur le seuil, les chaussures que l'on enfile en hâte, la veste que l'on décroche au moment de partir, la porte de la maison qu'un officier claque sans ménagement, la voiture qui vous avale comme une gueule de métal, le départ en trombe – puis le calme qui revient dans le quartier où les voisins tétanisés poussent un long soupir en se disant : « Ce n'était pas pour moi, c'est un autre qu'ils ont emmené. »

Ce 21 avril 1967, à six heures du matin, Yannis Ritsos n'en était pas à sa première arrestation. Il n'avait pas cherché à se cacher. N'avait pas joué au chat et à la souris avec la Sûreté. Tôt ou tard ils l'auraient eu, et le temps passé à débusquer son repaire les aurait rendus plus enragés encore. Alors il était resté à la maison, continuant à vivre normalement, fumant la première cigarette de la journée sur le seuil de la porte en songeant, avec une tendresse inquiète, à sa femme et à sa fille. Par chance, elles se trouvaient l'une et l'autre dans la maison de Karlovassi, à Samos, à bonne distance de l'arrestation qui les aurait brutalement tirées de leur sommeil. Mais leur valise devait être prête aussi, puisqu'elles avaient prévu de venir le rejoindre à Athènes le 22 avril et d'y passer avec lui toutes les festivités de Pâques. Dans la journée, c'est sûr, Falitsa tenterait de l'appeler pour préciser l'heure de leur arrivée, lui dire combien elles sont heureuses de le retrouver... Mais les lignes téléphoniques seraient coupées, un silence opaque les séparerait, une folle inquiétude gagnerait l'épouse et l'enfant. La vie commune ressemblerait alors à une rivière soudain vidée de son eau. Le printemps se tairait d'un coup. La clef du bonheur serait déposée sous la cruche fêlée, devant la porte close.

Il n'empêche, la dernière soirée de liberté avait valu son pesant d'or. En y songeant, Yannis Ritsos n'avait pu réprimer un sourire. La veille, comme presque tous les jeudis soir, il était sorti avec un couple d'amis, Tassos et Miranda Kiliakos. Un bon repas dans une taverne, ces autres camarades qui les avaient rejoints, jusqu'à former une longue table, joyeuse et bruyante, la musique que l'on écoute à une heure avancée de la nuit... De retour en voiture aux petites heures du matin – il devait être à peu près trois heures –, plusieurs chars étaient immobilisés à la station Larissa, aux abords de la gare ferroviaire.

– Oh, ils doivent tourner un film de guerre ! s'était exclamé Tassos.

Yannis avait posé sa main sur l'avant-bras du conducteur.

– Non, mes amis, ce n'est pas un film. C'est un coup d'État.

Alors, en rentrant chez lui, il avait préparé sa valise et avait attendu que la police vienne frapper à sa porte.

Des camarades qui avaient échappé un temps à la police, il en avait connu. Les planques d'un soir. Les déménagements improvisés à deux heures du matin. Les fausses alertes qui ravagent vos nuits. Les bruits inhabituels qui vous obligent à décamper pour trouver un autre abri de fortune. Ces frères de lutte qui dorment à tour de rôle, sursautant au moindre bruissement. Et puis, quand on s'y attend le moins, quand l'obscurité paraît calme et que l'on peut dormir enfin après des semaines d'incertitude et de traque, un réveil brutal en pleine nuit, ces coups de bottes qui vous sortent du lit, ce camion dans lequel on se retrouve en slip, grelottant de peur ou de froid, avec la certitude effrayante que rien n'a encore vraiment commencé.

Vivre traqué comme une bête, ah ça, non, jamais! s'était dit le poète. La guérilla urbaine, l'action clandestine, il faut un tempérament pour cela, une santé de fer, une énergie de félin prêt à bondir pour sauver sa peau. Mais quand on a charge de famille, quand on écrit, quand la plume a remplacé le fusil, on évite les plans hasardeux qui pourraient mettre la vie des autres en danger.

Le corps aussi… Ce que l'on aurait peut-être fait à vingt ans paraît inenvisageable à cinquante ou soixante, et l'on se dit qu'il est d'autres manières de résister.

Dans le véhicule militaire qui l'avait conduit à l'hippodrome du Nouveau-Phalère, Yannis Ritsos avait porté sa main à ses bronches, puis plus bas, dans cette région où son ventre le faisait souffrir. Les yeux fermés, il avait songé à celles qui resteraient seules dans la maison de Karlovassi. Quand les reverrait-il? Que dirait Falitsa à leur fille, Eri, quand ses douze ans laisseraient éclater leur rage impuissante à l'heure des repas, devant la chaise vide et l'assiette manquante?

N'opposer aucune résistance. Ne provoquer aucun désordre. Quand ils arrivent avec leurs armes, quand leurs bottes viennent broyer le gravier et marteler le seuil de la porte, être simplement celui que l'on emmène sans cri, ni coup de feu, pour qu'une femme aimante et une enfant dans la fleur de l'âge puissent tant bien que mal poursuivre leur existence sans être à leur tour menacées.

Était-ce la lumière du matin ? Tandis que le véhicule traversait la banlieue d'Athènes, Yannis Ritsos avait songé au voyage qu'il avait effectué à Cuba un an auparavant. Là-bas, un ami lui avait suggéré de ne pas rentrer en Grèce. « Tu as connu la déportation pendant la guerre civile, tant et tant d'années sous la menace fasciste… Rien ne prouve que le brasier est éteint, le feu peut reprendre, Yannis. Un coup d'État militaire est toujours possible. Pourquoi ne pas te mettre à l'abri pendant quelques années ? »

Mais il n'était pas resté. Il avait repris l'avion le lendemain pour rentrer à Athènes, où se trouvait sa vie. Un livre était sur le point de partir à l'impression, un autre laissé en plan attendait son retour. Et puis, qu'aurait-il fait à Cuba ou ailleurs ? Comment défendre son pays en se trouvant si loin de lui ? Le combat pour la liberté ne se délègue pas. Il ne réclame ni procuration ni report. Il se vit pleinement, en situation, sur la terre que le sang de tant de frères a déjà nourrie. Le poète avait alors regardé ses amis et leur avait dit :

– Je sais trop ce qu'est la gentillesse amère de l'exilé rentrant dans son pays.

La valise serrée contre ses jambes, il avait laissé ses pensées prendre le large pour apaiser l'angoisse que faisait monter en lui la présence des militaires. Pas un carnet dans la valise, pas un crayon qu'on lui aurait immédiatement confisqué. Non, mais des poèmes par centaines, dans la tête et dans le cœur, que rien ni personne ne parviendrait à lui enlever. Quelle chance, après tout, d'avoir choisi la poésie, et non la peinture ou le piano ! Dans les camps, dans les prisons où on les jette, le peintre privé de toiles et de pigments vit un enfer, le musicien sans piano se voit amputé de la meilleure part de lui-même, mais moi, poète sans stylo ni papier, de quoi me prive-t-on que je ne puisse trouver en moi ? Les doigts coupés, la langue arrachée, je continuerais à sentir la vibration du poème. Elle est la corde tendue de mes nerfs.

Ma résistance.

J'étais resté longtemps sans nouvelles de Fotini. Et puis, le même mois, au début de l'été 1967, deux événements inattendus se sont produits.

J'ai d'abord reçu une courte lettre d'elle, la seule qui me soit parvenue durant toutes ces années. Une lettre sans timbre, ni cachet de poste, qui avait été glissée dans la boîte de mes parents à Lyon, et que ces derniers m'avaient aussitôt fait suivre à Paris.

Fotini y parlait de la dictature qui s'était abattue sur la Grèce, de la menace qui pesait sur les étudiants, de la surveillance dont elle se sentait l'objet. Elle poursuivait le projet d'orienter ses travaux universitaires vers l'œuvre du poète qu'elle admirait le plus, mais ajoutait qu'il était devenu presque impossible d'étudier en Grèce. Elle n'était pas retournée chez ses parents. N'habitait plus dans le quartier Analipsi, mais chez une amie dont il lui était impossible de communiquer l'adresse. Elle ajoutait qu'elle confiait cette lettre à un camarade qui allait tenter par tous les moyens de quitter la Grèce, et priait Dieu qu'il parvienne à me la remettre un jour.

Par mesure de prudence, Fotini n'avait pas signé sa lettre et ne m'avait jamais nommé. Elle se terminait par des mots qui m'ont rendu, pour elle, plus fou d'amour encore.

« Quand tout sera terminé, quand cette sinistre pantomime prendra fin, nous nous retrouverons, et nous nous aimerons. Plus rien alors ne pourra nous séparer. Tiens bon, toi aussi. Aujourd'hui c'est la guerre, mais demain viendra la paix, et avec elle le printemps dont nous rêvons. »

En bas de la page quadrillée, deux vers de Yannis Ritsos. « En grec… Pour t'obliger à apprendre ma langue ! » disait-elle.

Μέσα στή φούχτα τῆς ἀγάπης
χωράει τό σύμπαν.

Le lendemain, j'ai montré la lettre de Fotini à Aris Fakinos et lui ai demandé de traduire les vers du poète.

« L'amour dans son poing
contient l'univers »,

m'a-t-il répondu.

Il m'a alors regardé d'un air grave et a ajouté, posant une main fraternelle sur mon épaule :

– Mais j'ai d'autres nouvelles à te donner, Antoine. Tu sais que je suis en relation avec des Grecs de l'intérieur… Mes amis ont d'abord tenté, comme tu le souhaitais, de retrouver les parents de Fotini dans leur village au sud du Lassithi. En vain. Personne n'a pu leur dire où ils se trouvaient… En revanche, l'un d'eux s'est rendu discrètement à l'adresse que tu m'as indiquée à Héraklion. Il a rencontré la logeuse de Fotini, Mme Hatzidaki.

Je me suis tu, tentant de réprimer l'émotion qui me submergeait. Les informations recueillies auprès de Mme Hatzidaki confirmaient les propos laconiques de Fotini. L'étudiante n'habitait plus ici. Quelques semaines après le coup d'État, alors qu'elle se trouvait à l'université, deux hommes étaient venus prendre des renseignements sur elle, comme cela, sans dire précisément ce qu'ils cherchaient. Mme Hatzidaki en avait informé Fotini qui avait eu du mal à réprimer son inquiétude. Le lendemain, elle avait glissé dans un sac ses vêtements, ses livres, ses cahiers, ses icônes, les lettres que son amoureux français lui avait adressées, et s'était enfoncée dans le cœur d'Héraklion sans laisser d'adresse.

Depuis, la logeuse ne l'avait pas revue.

L'informateur d'Aris avait ajouté que la tension était vive à l'université d'Héraklion. Des professeurs y avaient été limogés. L'enseignement de l'histoire de l'art, de la musique, de la littérature, de la philosophie avait subi de sévères coupes budgétaires. L'Union nationale des étudiants grecs avait été dissoute. Pis encore, un « certificat de bonne conduite » était maintenant exigé aux examens d'entrée.

Partout on sentait une volonté de reprendre en main la jeunesse, de mettre l'université au pas, d'imposer une discipline aux étudiants. Des jeunes filles avaient vu les portes des études supérieures se fermer devant elles parce qu'elles portaient une minijupe. À la faculté des sciences, c'est un étudiant aux cheveux longs qui avait été pris à partie par des ultra-nationalistes clamant haut et fort leur attachement à l'ordre moral chrétien.

Aris s'était emporté.

– Encore un peu et l'on emprisonnera les étudiants pour avoir écouté les Beatles !

– Tu connais le poète, n'est-ce pas ?
– Oui.
– C'est un homme bon.
– Oui.

Les prisonniers viennent d'atteindre le sommet de la colline. Une brise venue du large lèche leurs visages ruisselants de sueur. Autour d'eux, les soldats armés guettent le moindre mouvement suspect. Hier, un jeune homme qui avait osé réclamer de l'eau après plusieurs heures de travail a été conduit à coups de pied vers la bâtisse où l'on pratique la torture à l'abri des regards. Les autres l'ont entendu hurler pendant des heures. Puis plus rien. Personne ne l'a revu.

– Et toi aussi, Kostas, tu es poète ?
– Oui.
– Alors tu connais des vers ?
– …

Les hommes se sont mis au travail. Avec des barres à mine, les uns excavent de grosses pierres que les autres font rouler pour dégager le sol, qu'ils nivellent avec des pelles et des râteaux. Sur le côté, des prisonniers empilent les pierres les unes sur les autres comme s'ils voulaient monter un mur. Bientôt le terrain sera aplani. Qui sait quelle autre corvée absurde exigeront alors les militaires qui les surveillent, le doigt posé sur la gâchette de leur fusil ?

– Ritsos, j'aimerais tant le connaître.

– …

– L'écouter parler.

– …

Le prisonnier ne répond plus au compagnon qui marmonne entre ses dents. Il sait que la trique s'abat pour un oui ou pour un non sur ceux qui relâchent leurs efforts. Après, tout va si vite. Tu te retrouves recroquevillé par terre sous les coups de bottes et de ceinturons. Tu protèges ta tête avec tes bras, ton ventre avec tes cuisses, tes cuisses avec tes coudes, mais d'autres coups viennent s'abattre sur tes membres qui se tortillent comme des anguilles que l'on harponne. Tu ne maîtrises plus rien, ton corps lâche, ton esprit vacille.

Qu'il a raison pourtant d'évoquer la poésie, ce détenu qui aimerait rencontrer Yannis Ritsos. Kostas prend une longue respiration et, tandis que ses mains s'agrippent à la lourde pierre qu'il tente d'arracher à la terre, ses pensées filent à toute vitesse sous le ciel de la mer Égée.

Moudros, Makronissos, Aï-Stratis… Il y a près de vingt ans, pendant la guerre civile… Les types de la Sûreté qui te chopent. Les interrogatoires. La déportation. La torture. Ton courage qui craque comme une barque dans la tempête. Des semaines à l'isolement. Et puis la poésie que tu écrivais à la fin de ton adolescence qui revient comme une lueur dans la nuit. Les mots qui t'aident à tenir le coup. Des vers auxquels tu t'accroches, comme au bois flotté le naufragé à bout de forces. Sans Yannis Ritsos, rien de tout cela n'aurait été possible.

Maintenant qu'il est venu à bout de la grosse pierre plate, il se souvient des moments les plus forts.

Ces instants volés au cours desquels le poète récitait des vers.

Ces conseils qu'il prodiguait aux jeunes poètes.

Son écoute toujours bienveillante.

Cette « école clandestine ».

– Eh ! toi, là !

Un soldat vient de lever sa trique sur un détenu qui s'était relevé pour s'éponger le front, mais le travail a repris. Dans deux heures, les prisonniers feront la queue pour la ration de soupe et le quart d'eau tiédie qui leur permettent de tenir. Aux heures les plus chaudes de l'après-midi, ils déplaceront encore des pierres, se casseront les reins à concasser des rochers qui regardent la mer depuis des millions d'années. Ils sentiront des ampoules gonfler au creux de leurs mains, leurs lèvres se fendront sous la chaleur, leurs paupières brûleront sous le soleil. Et puis, le soir venu, une autre file interminable se formera devant les chaudrons, avant que leurs pas ne foulent une dernière fois les pierres tranchantes et les épines de Yaros pour rejoindre les rangées de tentes fichées dans la rocaille.

Une « école clandestine » de poésie…

Avant de s'endormir sur l'île du Diable où on l'a jeté avec des centaines d'autres hommes, Kostas pense aux longs mois de détention qu'il avait connus, quelque vingt ans auparavant, pendant la guerre civile. Une vie clandestine s'y était organisée autour de Yannis Ritsos. Dans le camp de Makronissos, puis à Aï-Stratis, ce dernier encourageait les jeunes poètes à composer des vers. Tassos Livaditis, Titos Patrikios, Aris Alexandrou, Dimitris Doukaris, et lui Kostas Koloufakos… Nombreux étaient ceux qui avaient pris part aux assemblées poétiques clandestines de Ritsos. Tous y avaient puisé un réconfort. Tous avaient senti le baume de la poésie apaiser des plaies à vif. La vie de l'esprit était alors plus forte que la trique !

Tandis que les ombres du sommeil dansent devant lui, Kostas songe à ces frères de lutte, ceux qu'il retrouve ici, vingt ans plus tard, et ceux qui connaissent la déportation pour la première fois. Comme chaque soir, les mots d'un poème l'aident à entrer dans l'épaisseur terreuse de la nuit :

« *Chacun a désormais une place sous la tente.*
Chaque tente, sa place dans le camp.
Le camp a pris sa place dans le monde.

Nous avons mûri. »

Le soir je relisais la lettre de Fotini et je pensais à elle.

En quelques mois, le ciel bleu de la Grèce s'était obscurci. La Crète n'échappait pas au diktat de la junte. Je pensais le peuple crétois en mesure de résister, de dire non à la dictature, mais je m'étais trompé. Le pays tout entier se transformait en caserne.

L'absence de Fotini hantait mes nuits.

Ah, cette porte qui grince dès que le vent se lève !

Tandis que ses enfants se préparent à aller à l'école, Mme Hatzidaki gravit le petit escalier qui mène à la terrasse où se trouve la chambre de Fotini. Et si la jeune fille était rentrée cette nuit… Si elle était revenue après huit jours d'absence…

De la terrasse, le quartier Analipsi ressemble à un village, avec ses maisons imbriquées les unes dans les autres, ses ruelles familières, le linge qui claque au vent, comme claque cette fichue porte.

Mais pourquoi est-elle ouverte ?

– Fotini ?

Rien.

La pièce est vide.

Le matelas a été retourné.

Des papiers jonchent le sol.

Des courants d'air déplacent les pages d'un livre déchiré.

Une vitre fêlée sépare désormais le jour de la nuit. Dès les premières lueurs, les ombres s'effacent, laissant apparaître la désolation des lieux. À droite, la roche. À gauche, la roche. Et devant le prisonnier qui s'est levé à l'aube, la forêt des tentes, ces champignons de toile moisie où dorment les détenus.

Au réveil, les membres endoloris, chacun inspecte l'espace autour de soi. Les scorpions qui se sont glissés sous les pierres ou dans le creux des chaussures. Les rats que la moindre miette de pain attire et dont tous les prisonniers redoutent les morsures. Les ronces auxquelles personne n'échappe dans la journée tant elles ont envahi les pentes et les ravins de Yaros. De temps à autre, une fauvette sautille sur une roche, avant de se fondre dans l'espace, mais on sent bien que ce gros roc baigné par les flots de la mer Égée, ce bastion de pierre sans arbres ni sources ne peut accueillir que des oiseaux égarés qui ne tarderont pas à rejoindre les côtes voisines d'Andros ou de Tinos. Alors le regard s'attache à déceler le bouquet de thym dont la brise du petit matin transporte les effluves jusqu'au campement.

Ici, malheur à celui qui se réveille en pleine nuit ou souffre d'insomnie. Dans l'obscurité de la tente, la nuit paraît plus opaque, interminable. L'imagination galope. Les pensées font le tour de l'île sans jamais trouver d'endroit où se poser. Ici, le diable prend toutes les formes : rat, serpent, scorpion, ronces géantes, militaire à la cravache sertie d'éclats de verre, figuier de torture dont les bras se tordent et s'allongent jusqu'à venir vous prendre dans le sommeil. La nuit, les êtres désespérés ne dorment pas. Ils se rongent les sangs et songent à ceux qu'ils ont laissés derrière eux : la mère tant aimée, la fiancée qu'on ne reverra pas, l'enfant qui naîtra sans connaître son père. La nuit, des fous hurlent au loin comme des chacals, des hommes que l'on croyait solides sanglotent comme des mômes, tandis que d'autres geignent sur leur grabat, la plante des pieds sanguinolente et les ongles arrachés.

Ah, si l'on pouvait enregistrer la bande-son d'une nuit à Yaros ! Que de cauchemars en perspective pour qui voudrait tendre l'oreille en direction des damnés de la terre…

À Paris, les mois avaient filé à toute allure. La fin de l'automne approchait et le froid s'était installé sur le nord-ouest de l'Europe. Mes amis grecs poursuivaient assidûment le travail de résistance intellectuelle qu'ils s'étaient assigné. Des Grecs en exil comptaient sur les publications d'*Athènes-Presse libre* pour se sentir reliés à leur pays. Des amoureux de la Grèce y trouvaient des analyses politiques qu'aucun des grands quotidiens français n'était en mesure de leur offrir. Des journalistes restés au pays, des professeurs, des étudiants que la police ne surveillait pas encore, de simples citoyens leur adressaient clandestinement une documentation de première main. De numéro en numéro, *Athènes-Presse libre* s'affirmait comme la seule publication spécialisée dans les affaires grecques. Un instrument d'opposition. Une arme contre la propagande du régime. Peut-être le seul moyen efficace de lutter de l'extérieur.

Le chantier du *Livre noir de la dictature en Grèce* avançait à grands pas. Chacun œuvrait de son côté et de longues séances de coordination avaient lieu dans le bureau de l'éditeur qui entendait donner à la collection « Combats » une place de premier ordre dans le champ éditorial de la contestation politique. « Une place pour l'indomptable ou l'indompté », leur avait dit Claude Durand, le jour où les trois intellectuels grecs étaient venus signer leur contrat d'édition. Le premier livre de la collection était sous presse ; d'autres le suivraient de peu. La collection « Combats » serait donc bien installée quand paraîtrait *Le Livre noir*, dans le courant de l'année 1969.

Depuis plusieurs semaines, Aris travaillait au long chapitre qu'il entendait consacrer à la répression dans les universités. Il était le seul de l'équipe à avoir enseigné en Grèce. Dans l'urgence où nous étions, ses contacts étaient précieux.

– Ce qui se passe aujourd'hui est plus inquiétant que jamais. Des centaines d'étudiants ont été radiés de l'université. Beaucoup ont été arrêtés, emprisonnés. On relève des cas de disparitions pures et simples, des suicides inexpliqués...

En entendant ces paroles, j'avais blêmi.

Aris avait sorti un document de son sac, une lettre fraîchement signée, qui émanait de l'École polytechnique d'Athènes. Comme toujours, il avait tu le nom de son informateur, ajoutant que ce fonctionnaire courageux courait le risque de finir sa vie devant un peloton d'exécution si ses supérieurs hiérarchiques apprenaient qu'il faisait passer des informations confidentielles à l'étranger. J'avais photocopié ce document, ce jour-là, pour permettre à chacun d'en prendre connaissance.

École polytechnique nationale
Rectorat
N° de réf. 17732
Rap. conf. 222

Athènes, le 15.12.1967

Mademoiselle Pénélope Theodoru
Étudiante à la faculté d'architecture
33, rue Kallidromiou, Athènes

Objet: sanction disciplinaire

Nous vous faisons savoir qu'à la suite de la séance du 8.11.1967 et après avoir pris connaissance du rapport N° 2034/21.10.1967 du procureur du roi auprès du tribunal militaire d'Athènes et de celui du ministère de l'Éducation nationale (103232/3.11.1967), le rectorat de l'École polytechnique d'Athènes vient de vous infliger la sanction de l'expulsion définitive. De plus, vous êtes définitivement radiée de la liste des étudiants de notre école, une condamnation à une peine de prison étant prononcée contre vous par le tribunal militaire susmentionné.

Le recteur
I. Michaloliakos

Après la lecture de ce document, c'est Claude Durand qui avait rompu le silence.

– Messieurs, je vois au moins deux raisons de publier cette lettre. D'abord, elle met en évidence la collusion entre le régime fasciste et la direction des universités. Ensuite, elle témoigne de l'insoumission féminine. Pénélope… Le destin a bien choisi le nom de cette jeune fille ! Si un romancier l'avait nommée ainsi, on aurait dit qu'il exagère.

Chacun a vu, au cours de cet échange, combien j'étais ébranlé, chacun en connaissait la raison, mais personne ne s'est apitoyé sur mon sort d'amoureux inquiet. Je leur sais gré de n'avoir jamais cédé à la commisération. Ce sont des attitudes de cette nature qui m'ont aidé à trouver du courage.

Pénélope Theodoru… J'entendais le nom de cette jeune fille pour la première fois, mais elle hanterait longtemps mes nuits. L'étudiante en architecture n'était ni une terroriste ni une insurgée. Elle ne posait pas de bombes, ne menaçait pas la sécurité de l'État. Non, elle faisait simplement partie de ces centaines de jeunes gens surveillés par les agents de la Sûreté ou les indicateurs qui infiltraient les milieux estudiantins pour repérer celles et ceux qui étaient atteints du virus qui ronge à leurs yeux la nation : le communisme.

Tandis que Clément Lépidis interrogeait Aris sur la possible existence d'organisations secrètes dans le monde étudiant, le romancier était sorti de sa réserve.

– Je sais de source sûre que le régime s'intéresse de près aux mouvements de résistance estudiantine qui se développent à Athènes. *Rigas Ferraios*, par exemple. Les jeunes gens qui gravitent autour de cette organisation clandestine sont dans le collimateur de la Sûreté.

Aris m'a alors vu froncer les sourcils. Il s'est tourné vers moi.

– Rigas Ferraios était un poète et un homme politique du XVIIIe siècle dont les vers ont accompagné le soulèvement de 1821. Mais ce n'est pas le sujet, Antoine… Il y a quelques mois, des étudiants ont donné son nom à l'organisation qu'ils ont créée pour protester contre le limogeage de certains professeurs. Ils distribuent des tracts hostiles au gouvernement, organisent des manifestations dans les amphis, lancent des appels à la mobilisation de tous les étudiants grecs. Inutile de vous dire, mes amis, combien je crains pour l'avenir de ces jeunes gens.

Il a marqué un temps de silence, puis il a repris :

« La stratégie du régime est presque toujours la même : on laisse monter les organisations clandestines, on laisse grossir les groupuscules, les plus prudents s'enhardissent, les meneurs se découvrent… Et quand vient l'heure du coup de filet, parce que cette heure finit toujours par arriver, la prise est d'envergure. Putain de fascistes, qui agissent avec des étudiants épris de liberté comme on le fait avec les filières de la drogue ou du grand banditisme !

– **O**ù aller pour faire ses besoins ?

Le jeune homme qui a été débarqué avec le bateau du soir ne sait pas encore que Yaros ne compte ni latrines ni système d'évacuation. Les autres lui répondent qu'il n'y a que l'espace ouvert pour cela, la colline aux excréments, les pierres pour s'essuyer si l'on n'a pas de feuilles hygiéniques, et la peur déjà répandue dans le camp d'une infection généralisée. Un homme qui a suivi la conversation s'approche du petit groupe :

– Je fais partie des détenus chargés de curer les anciennes fosses, celles qui ont servi de 1947 à 1952, pendant la guerre civile. Je préfère ne pas vous raconter la nature de notre travail, il est indigne d'un humain, mais sachez que nous aurons bientôt réparé les vieux égouts. Quand ce sera fait, on nous fera installer des latrines et nous n'aurons plus besoin de nous dissimuler entre les rochers.

La conversation se poursuit au pied des tentes, où les détenus profitent du court répit que leur laissent les militaires. Un homme plus âgé que les autres prend à son tour la parole :

– J'étais là en 1947. Les égouts, oui, je m'en souviens. C'était mieux. Mais je me souviens aussi que la merde des six mille personnes entassées sur ce rocher était évacuée dans la mer. Au bout de quelques semaines, l'eau était devenue fétide. Ici, la mer elle-même ne peut nous aider à rester propres.

Il marque un temps de silence, puis reprend :

« Remarquez que c'est peut-être notre chance... Des prisonniers qui tombent malades et meurent de dysenterie, une « infection généralisée » comme vous le disiez tout à l'heure, les militaires qui redoutent d'être à leur tour contaminés... Il n'en faudrait pas beaucoup plus pour que la Croix-Rouge vienne mettre son nez dans le camp. À partir de là, tout deviendrait possible.

– Tu veux dire que le camp de Yaros pourrait être évacué ?

– Oui, l'ami, mais ne te fais pas d'illusions, nous serions alors transférés ailleurs. La mer Égée est grande et la Grèce ne manque pas d'îles à demi désertiques, faciles à transformer en bagnes.

Tandis que le petit groupe s'anime au milieu des tentes, un homme d'une soixantaine d'années s'avance, aussi élégamment vêtu qu'on peut l'être en pareilles circonstances. Ses cheveux tirés en arrière ondulent, le collier de sa barbe est soigné, un sourire éclaire son visage lorsque les mains se tendent dans sa direction.

– *Kalimera*, monsieur Ritsos.

– *Kalimera*, mes amis.

Le cercle des détenus s'est ouvert pour accueillir le poète. Tous les regards se tournent désormais vers lui. L'homme qui vient d'exposer son point de vue lui serre chaleureusement la main et reprend la parole :

– Cher Yannis… Nous parlions de la situation sanitaire du camp.

Le poète porte sur ses compagnons d'infortune un regard où se lisent à la fois la profondeur et l'affection.

– Mes amis, mes camarades que j'aime… Beaucoup d'entre nous ont connu autrefois les camps de Makronissos et d'Aï-Stratis, beaucoup ont séjourné ici, à Yaros, les reins brisés par le travail et les mauvais traitements. Beaucoup y ont laissé leur joie de vivre et leurs os, leur tranquillité d'esprit et les plus belles années de leur jeunesse, mais ils n'ont pas souffert en vain. Ils ont serré les dents pour que fleurisse un jour l'arbre de la liberté.

En entendant ces mots, Kostas est sorti du rang. Il s'est posté devant Yannis Ritsos et s'est mis à déclamer :

« *Nous avons passé beaucoup de temps à Makronissos*
nous avons dormi joue contre joue avec la mort
Là-bas, il y avait des pierres, beaucoup de pierres
Rien que des pierres aux dents serrées
Rien que des cris plus durs que les pierres

Et des plaies muettes comme les pierres
Et des bottes qui frappaient les pierres. »

Il marque un temps de silence, comme s'il cherchait à reprendre son souffle, puis poursuit, la fierté dans le regard :

« *Rien que des pierres, beaucoup de pierres,*
et pourtant, Joliot, sur ces pierres
nous entendions secrètement le soir,
l'oreille collée à nos plaies,
nous entendions passer la liberté et la paix. »

La joie illumine le visage de Yannis Ritsos.

– Oh, mon ami Kostas, quelle émotion ! Tu connais donc ma « Lettre à Joliot-Curie » ? C'est un si long poème… Savez-vous qui était cet homme, mes amis ?

Les autres portent sur lui un regard interrogateur.

– Frédéric Joliot-Curie était un physicien français, un chimiste. Longtemps président du Conseil mondial de la paix. Membre du P…

Le poète n'a pas le temps de terminer sa phrase. Un cri déchire l'espace, aussitôt suivi par un tir de sommation.

– Eh, vous là-bas !

Trois militaires font irruption dans le campement.

– **C**'est un livre entier qu'il faudrait lui consacrer.

Ce matin de mars 1968, Aris Fakinos m'a montré la demi-page qu'il entendait consacrer à Yannis Ritsos dans *Le Livre noir de la dictature en Grèce*. Son texte faisait suite à l'évocation des fausses libérations qu'orchestrait périodiquement la junte. Sous la pression des organismes internationaux – Conseil de l'Europe, Organisation internationale du travail, Alliance atlantique, Croix-Rouge –, le régime des colonels annonçait régulièrement la libération de certains détenus politiques. Libération ? La plupart du temps, les « exilés » ne recouvraient pas la liberté : on les transférait dans d'autres camps où ils se retrouvaient assignés à résidence.

Pour Aris, c'est dans ce contexte qu'il convenait d'évoquer le poète. « Un cas-type : celui de Yannis Ritsos », écrivait-il au seuil de son étude. On y lisait que l'auteur de *La Sonate au clair de lune* avait déjà connu, dans le passé, plusieurs années de prison et d'exil parce qu'il était marxiste. Comme tant d'autres, il avait été arrêté le 21 avril 1967. Poitrinaire, son état de santé empirant, il faisait l'objet d'une forte campagne de mobilisation.

– Il est quasi certain que Ritsos ne se trouve plus à Yaros, a renchéri Aris. L'a-t-on transféré à l'hôpital d'Athènes en raison d'une aggravation de ses problèmes de santé ou se trouve-t-il assigné à résidence quelque part ? Difficile à dire. D'après mes informations – mais il faut les prendre avec beaucoup de prudence –, il se trouverait plutôt au camp de Partheni, sur l'île de Leros, dans le Dodécanèse.

Leros. J'entendais ce nom pour la première fois.

Ce jour-là, dans l'arrière-salle enfumée d'un restaurant, Aris Fakinos et Clément Lépidis m'ont fait un cadeau que je n'oublierais pas.

– Puisque tu le connais aussi bien que nous, ce poète, choisis les vers qui viendront clore le texte que nous lui consacrons.

Je ne me suis pas fait prier.

Dans la journée, j'ai retrouvé le passage que Fotini citait de mémoire. En l'inscrivant dans *Le Livre noir*, sous les lignes qui lui étaient consacrées, j'ai eu le sentiment d'entrer dans l'intimité du poète.

Ces arbres ne peuvent se rassasier de moins de ciel,
Ces pierres ne peuvent se rassasier sous les pas étrangers,
Et ces hommes ne peuvent se rassasier que de soleil,
Et ces cœurs ne peuvent se rassasier que de justice.
(Yannis Ritsos)

Il veille dans la nuit comme il l'a toujours fait. Mais celle-ci est plus opaque, plus incertaine aussi, que les précédentes. C'est une nuit de tourment, une de ces nuits où la mort rôde avec la ténacité d'un scorpion sous la pierre. Yannis Ritsos sait qu'il n'en a pas fini avec les ombres venues le hanter. Il y a celles qui se forment devant lui, chaque fois qu'un bruit venu du camp charrie ses lambeaux de douleur. Tout à l'heure, c'étaient les sanglots d'un jeune détenu, presque un gosse, qui occupe une des tentes voisines, et qui s'effondre chaque fois que la peur plante ses crocs sur sa poitrine. Puis sont venus les gémissements de ceux qui ont été passés à tabac la veille et qui dérivent dans le sommeil comme des bateaux fantômes. Ce cliquetis métallique suivi d'un frôlement ? C'est un rat qui farfouille dans la cantine. Ce chuintement, est-ce celui d'un oiseau de nuit ou l'ombre du diable qui remue sous la terre ? Et ces échanges à mots couverts qui longent soudain ton carré de toile ?

– Qui es-tu ?

– …

– Je ne te vois pas dans le noir.

– Je vais sur la colline. Besoin de…

Une nuit si dense que l'on aimerait entrevoir le rougeoiement d'une cigarette, des lamparos sur la mer ou l'œil tournoyant d'un phare à la pointe de l'île.

– C'est encore toi ?
– Oui, je ne suis pas allé bien loin.
– Avec cette nuit.
– Essaie de dormir maintenant.

Yannis Ritsos le sait, c'est dans l'obscurité que les tortures mentales s'avèrent les plus dévastatrices. Les colonels sont passés maîtres dans l'art de les orchestrer. Parfois, en pleine nuit, un haut-parleur grésille… C'en est alors fini du sommeil. On dresse l'oreille et on attend, inquiets. Certains enfilent en hâte leurs godillots, d'autres se bénissent de ne pas les avoir enlevés pour dormir. Parfois l'attente se prolonge indéfiniment, de grésillement en grésillement, comme si un disque rayé tournait sans relâche dans le mess des officiers. Mais le plus souvent, c'est un appel qui se prépare, et quand les haut-parleurs éructent leurs mots d'ordre, mieux vaut ne pas traîner pour rejoindre le point de rassemblement. La nuit dernière, c'est une bande-son enregistrée pendant une séance de torture qui a été diffusée. Les cris de la victime ont hanté les rochers de Yaros, provoquant l'effondrement nerveux de dizaines de détenus. Les uns se sont bouché les oreilles avec de la terre pour ne plus entendre. D'autres se sont mis à hurler plus fort, comme si c'était eux que l'on torturait. Et bientôt tout le camp plongé dans la nuit s'est mis à ressembler à une chambre d'aliénés lors d'une crise de démence. Au matin, un détenu n'avait pas répondu à l'appel. On l'avait retrouvé inanimé sous sa tente, les tempes éclatées par les pierres avec lesquelles il s'était frappé.

Ce qui avait sauvé Yannis Ritsos, cette nuit-là comme toutes les autres, c'était le chuchotement du poème dans la prison du cœur. Écrire, non, il ne pouvait en être question quand tant de bruits atroces venaient déchirer la nuit. Mais dire, murmurer, susurrer le poème comme une source susurre entre les herbes, le psalmodier avec une ferveur presque religieuse, laisser les mots emplir toutes les zones caverneuses de l'oreille et de l'âme, entendre claquer leurs voiles quand le vent fait avancer la frêle embarcation des mots, monter jusqu'aux étoiles et descendre au fond de la mer, trouver le coquillage de l'amnésie et le porter à son front, se souvenir de la bouche qui disait « Je t'aime », des mains qui remontent la couverture jusqu'à l'épaule endormie, percevoir encore la chemise fraîche d'un sourire qui ne s'entrouvre que pour soi, et puis trouver un apaisement dans la transparence mystérieuse des sons, en faire sa houle et son refuge, sa tempête et sa crique, ce port si petit que les caïques s'y tiennent à l'abri des vents – ah! ça oui, il en était capable. Et rien alors ne pourrait réduire la digue que le long poème de sa vie avait édifiée, pierre à pierre, pour faire barrage aux déferlantes de la nuit.

Cette fois encore le poète chemine à travers mots pour offrir une issue aux plaintes nocturnes qui s'élèvent du camp. Les poèmes qu'il a écrits jadis se mêlent à ceux que ses compagnons font entendre dans un chuchotement entre deux appels. Et quand les premières lueurs du jour commencent à fuser à travers la toile de sa tente, il n'est plus en mesure de dire si le poème qui vient à ses lèvres est de lui ou bien d'un autre, s'il appartient au passé ou s'il dessine l'avenir. D'où ces mots proviennent-ils? Peu importe d'où proviennent les choses, quand elles sont là et que leur présence emplit tout l'espace.

Nous étions le lundi 1er avril 1968. J'étais arrivé de Lyon, la veille au soir, après avoir passé un week-end dans ma famille, entre plaisirs partagés et désespoir de ne savoir ce qu'il était advenu de Fotini.

Il n'a fallu qu'une phrase, ce matin-là, dans le bureau de l'éditeur, pour que ma vie bascule. Et cette phrase n'était ni une parole en l'air ni un poisson d'avril.

J'étais arrivé tôt pour établir ma première revue de presse du mois. Claude Durand était déjà au travail, porte ouverte, la première cigarette de la journée finissant de se consumer dans le cendrier.

C'est lui qui a tenu à me parler, avec cet air de boxeur qui avance pas à pas en regardant l'autre bien en face.

– Dans la situation où tu te trouves aujourd'hui, Antoine, il te faut du courage et de l'imagination.

Je n'ai pas compris où il voulait en venir.

Devant mon silence interrogateur, il a lui-même repris l'échange :

« Du courage, tu n'en manques pas. Continuer à travailler comme tu le fais sur le dossier de la répression en Grèce et savoir ta fiancée quelque part là-bas… Tu as le courage de regarder la réalité en face, fiston. C'est bien. Mais l'imagination, où est-elle ?

Je ne comprenais toujours pas. Devant ma mine étonnée, il s'est levé. A ouvert un tiroir. En a sorti une enveloppe kraft qu'il a tenue à la main, un instant, avec l'attitude d'un joueur qui s'apprête à abattre sa meilleure carte.

« L'imagination, elle est là, dans cette enveloppe.

Il l'a déposée devant moi, sans l'ouvrir.

« Tout est là, Antoine ! Ton contrat de travail touche à sa fin et tu dois tenter de retrouver ta belle. Partir en Grèce est compliqué, mais ce n'est pas impossible.

Il m'a regardé droit dans les yeux, comme on jauge un adversaire avant d'asséner un coup décisif. Puis il a ajouté :

« Mais attention, Antoine, dans le monde dont on parle, le moindre faux pas est interdit. Prends le temps de réfléchir.

II

Un petit peuple qui lutte
sans les sabres ni les balles
pour le pain du monde entier,
pour la lumière et la chanson.

Yannis Ritsos

Il glisse lentement sur les eaux, et les eaux le regardent glisser indifférentes à sa détresse. À son bord, un équipage de squelettes et de fantômes. Dans ses cales, l'espérance décomposée, la pourriture humaine, l'os et le ver, souvenir momifié des chairs qui furent si chaudes au toucher, joues, seins, cuisses, ventres qui roulaient sous la paume, frémissantes sous les caresses, rondeurs soumises à la fureur du temps. Vaisseau fantôme. Vaisseau maudit.

Où iront-elles ces épaves de la mémoire quand nous ne serons plus ?

De temps à autre, lorsque le vent se lève et que la toile claque, le poète reprend conscience de l'endroit où il se trouve. Le bateau qui voguait dans ses songes oblique vers les profondeurs dont il avait surgi. L'eau s'y engouffre, les ponts coulent, les mâts s'enfoncent dans les ténèbres, les voiles déchirées ondoient sous la surface –, puis l'ensemble du bâtiment glisse entre deux eaux comme une immense raie.

Ah ! ce rêve qui semble tout droit sorti d'un opéra de Wagner ! Tous les marins du monde croient à l'existence de ces vaisseaux fantômes dont l'équipage est condamné à errer sur les mers jusqu'à la fin des temps, mais quand on les rencontre, quand notre frêle embarcation croise leur route… « Funeste présage », murmure l'homme qui est maintenant totalement éveillé.

Avec des gestes mesurés, Yannis Ritsos vient d'allumer la bougie qui se trouve à ses côtés. Ce n'est pas la première fois que le vaisseau fantôme vient hanter ses nuits. Depuis qu'il est ici, dans l'île-prison de Leros, l'image du bâtiment perdu en mer traverse son esprit avec la persistance d'un courant glacé. Il apparaît et disparaît en songe, laissant dans son sillage un malaise qu'une journée de plein soleil ne parvient pas à effacer. Ces fantômes errant sur les mers, d'où viennent-ils ? Ces squelettes blanchis par la chaux du temps, qui sont-ils ? Ce navire à l'abandon, pourquoi traverse-t-il soudain les eaux de son esprit ? Lors de ses premières apparitions, le poète avait interrogé l'angoisse dont cette image récurrente était porteuse, puis il avait souri, presque rassuré, en songeant qu'un mythe antique visitait ses nuits : ce vaisseau fantôme, c'était le bateau des morts, la barque traversant le Styx, les défunts glissant lentement vers leur ultime séjour. Ce squelette drapé en capitaine à la proue du navire, c'était Charon, le fils de l'Érèbe et de la nuit, le nocher des Enfers, seul capable d'aider l'âme des morts ayant reçu une sépulture à atteindre l'autre rive. Mais il avait fallu que le poète aperçoive, en s'approchant des falaises, une barque fracassée contre les rochers de l'île pour que les réminiscences de la mythologie laissent place à une interprétation plus violente : le vaisseau fantôme qui hantait ses nuits depuis qu'il avait été transféré à Leros, c'était la nef des exilés, le cargo des émigrés perdus en mer, une de ces embarcations de fortune dans laquelle des hommes, des femmes et des enfants s'étaient entassés avec l'espoir d'atteindre l'autre rive. À l'instar de Kos, sa proche voisine, Leros était un lieu de passage depuis la nuit des temps. Grecs de Smyrne et d'Antalya, Turcs, Syriens, Juifs en exode, Palestiniens de la Nakba, Arméniens fuyant le génocide, combien d'entre eux avaient sombré en mer Égée sans parvenir à atteindre la baie d'Alinda ? Combien de corps sans sépultures dans les eaux turquoise de la Méditerranée ? Oui, ce sont eux, et eux seuls, qui hantent mon sommeil, s'était dit le poète en observant, sous un à-pic de trente mètres, les restes de la barque écrasée contre les récifs. Adieu, naufragés de la vie, qui passez dans mes songes, comme vous passâtes hier à proximité des côtes du Dodécanèse sans parvenir à accrocher de votre bras la roche qui vous aurait sauvés. Adieu, frères et sœurs, qui ne demandiez que l'asile, et cette maigre place où dormir sur la terre ferme, quand vos barques de misère s'en allaient vers les grands fonds. Adieu, enfants innocents, petits anges gorgés de nuit, qui ballotterez à jamais dans le ressac.

Cette nuit-là, dans la solitude de sa tente, parmi les mille autres tentes solitaires du camp de Leros, le poète suit en pensée le vaisseau fantôme sous la surface des eaux.

Son regard sinue le long du pont, il contourne les squelettes figés dans leur posture hiératique, croise des spectres qui ignorent sa présence, pour atteindre une silhouette humaine qui s'appuie au bastingage, seule présence vivante dans ce vaisseau des morts. Cette robe rose, ce parapluie rose, où les a-t-il vus ? Cette main blanche qui enferme un coquillage, cette chevelure qui s'étire dans le courant comme une longue traînée d'algues, à qui appartiennent-elles ? Yannis Ritsos ferme les yeux pour mieux accueillir les souvenirs qui refluent de sa mémoire, puis un sourire éclaire son visage. Cette jeune femme, vive parmi les morts, il la connaît et l'aime depuis l'enfance : c'est Loula, sa sœur chérie, sa grande et petite sœur en or. Mais que fait-elle sur ce bateau ? Dans les brumes du demi-sommeil, le poète se souvient. C'était il y a longtemps, au printemps 1931… Pour échapper à la misère, Loula s'était résolue à épouser un ancien domestique de son père, Mitsos Stavropoulos, de vingt-deux ans son aîné. Ce navire, est-ce celui où elle a embarqué pour le suivre aux États-Unis avec l'espoir d'une vie meilleure ? Mariage de raison, voyage de déraison. Les illusions de Loula furent de courte durée. Un mari couvert de dettes, une situation précaire, la misère qui vous démange avant de vous ronger définitivement la peau. Combien de temps avait-elle tenu en Amérique ? Dix-huit mois ? Deux ans ? Yannis Ritsos se souvient du retour de sa sœur en mars 1933. Loula n'était plus que l'ombre d'elle-même. La précarité, l'anorexie et la dépression avaient dévasté la jeune femme qui rentrait en Grèce, sans l'homme qu'elle avait épousé, un enfant sur les bras. Avait-elle songé à se jeter à l'eau avec le bébé au cours de ce voyage de retour ? Peut-être. Il eut été si simple de basculer par-dessus bord.

La suite se confond avec le long poème qui fut écrit pour elle. Loula n'était pas parvenue à reprendre pied. Un mal plus insidieux que le cancer détruisait sa vie et sa raison. Ah, qu'il était douloureux de te voir sombrer dans la folie, petite sœur chérie, en ces années de plomb ! Qu'il était terrifiant de te savoir conduite à l'asile psychiatrique de Daphni dans une camisole de force quand la démence guettait chacun de tes gestes ! se dit le poète en songeant aux vers qu'il écrivit pour elle cette année-là.

Tes blanches mains
qui imprégnaient de baumes nos plaies
se convulsent à présent liées dans le dos
sur la croix de ton corps
comme si elles étaient, ma sœur,
des mains de larron.

« Des mots contre tes maux. Des vers contre les fers. Et ce long chant d'amour par lequel j'ai tenté de te tirer d'affaire », murmure-t-il dans la nuit de Leros.

Pour voir tes yeux
sourire
et pour ensorceler ton cœur
qui se fondait sans bruit
dans la détresse du monde
de tes larmes j'ai fait des ailes.

L'asile… Les uns le demandent et d'autres voudraient le fuir, se dit le poète en regardant les premières lueurs du jour embraser la ligne d'horizon. Étrange situation que celle de l'homme incarcéré sur l'île de Leros, où cohabitent sans véritablement se croiser bannis de la dictature, exilés en transit et patients d'un des plus grands hôpitaux psychiatriques de Grèce.

Leros, île-prison.

Leros, île-refuge.

Leros, île des fous.

Si Loula n'était pas ressortie guérie de Daphni après son effondrement, peut-être serait-elle ici, à deux pas du camp où je me trouve, songe-t-il encore, imaginant les hauts murs de l'hôpital psychiatrique où s'entassent des centaines de malades. Car, il le sait, Leros a la réputation d'offrir à la psychiatrie l'image la plus archaïque de Grèce. Le lieu où l'on déverse le trop-plein des autres institutions. La poubelle des fous. Combien sont-ils dans cet hôpital ouvert il y a moins de dix ans, en 1959 ? Neuf cents patients ? Mille ? Douze cents ? La seule question qui vaille, se dit Yannis Ritsos, est celle de savoir combien de médecins psychiatres s'occupent de ces malades. Si nous les connaissions, les chiffres nous feraient honte. Depuis qu'il est ici, enfermé dans le camp de Partheni, le poète imagine ces ombres humaines errant dans les locaux délabrés, les corps nus enchaînés aux lits crasseux, la promiscuité malsaine, la cohabitation souvent violente des handicapés physiques et des handicapés mentaux, les enfants malades qui mangent dans des auges comme des animaux, les sols souillés d'excréments, les regards vides derrière les barbelés, les mains qui s'agrippent aux grilles des fenêtres, les jets d'eau avec lesquels hommes et femmes sont lavés une fois par semaine, les médicaments ingérés de force, les chocs électriques, la camisole, les coups qui s'abattent pour un oui ou pour un non sur le dos des malades, tandis que d'autres se frappent la tête contre les murs en poussant des cris d'oiseaux.

« Un vieil homme de mon village est ici depuis huit ans », avait murmuré un détenu lorsque Yannis Ritsos avait mentionné la présence de l'hôpital psychiatrique de Leros.

Le poète n'avait posé aucune question mais, dans la solitude de sa tente, la nuit tombée, il avait imaginé le vieillard décharné qui ne ressortirait jamais de la maison des fous. Qu'avait-il fait pour se retrouver là ? Avait-il perdu la raison ou la mémoire ? S'était-il effondré de chagrin après la mort d'un de ses fils ? Avait-il fait trop librement l'éloge du KKE, le Parti communiste de Grèce, un soir de libation dans une taverne ?

Bientôt, nul ne s'en souviendrait et la dépouille du vieil homme finirait par rejoindre celles des autres défunts dans le cimetière de l'hôpital aux tombes anonymes.

Quand la réclusion devient trop pesante, et que les coups s'abattent sur le dos de ses camarades, Yannis Ritsos songe aux patients qui se trouvent à quelques kilomètres du camp de Partheni, dans cet autre centre d'internement qu'est l'hôpital psychiatrique. Il mesure alors la chance qu'il possède, lui, le poète, d'avoir été arrêté pour ses convictions et ses écrits. Si je suis ici, se répète-t-il, c'est parce que mes poèmes ressemblent au pollen que transporte le vent. On brûle mes livres, on m'interdit d'écrire, on enferme mon corps dans une prison, on me retient loin des lieux où ma parole se fait entendre, mais cela n'empêchera pas ma poésie d'atteindre d'autres rivages. On n'arrête pas le vent. On n'enferme pas le vent. On ne tue pas le vent. Demain, lorsque la dictature tombera, comme tombe un fruit pourri de l'arbre, je serai à nouveau un homme libre…

Mais eux, ces pauvres hères, hommes, femmes, enfants enfermés à jamais derrière les barreaux de la psychiatrie, eux les oubliés de la société, les damnés du présent et du non-avenir, les pestiférés que l'on retranche du monde des vivants, que deviendront-ils ? Ce n'est pas un changement de régime politique qu'il leur faut, mais une révolution de la pensée. Tant qu'il restera des responsables politiques, des éducateurs, des intellectuels, des médecins même pour penser qu'un être aliéné vaut moins qu'un autre être, tant qu'une seule personne décisionnaire trouvera normal qu'un malade voie ses droits amoindris et sa liberté confisquée, tant que la dignité humaine ne sera pas au centre du système de soins, comme au centre de toute vie sociale, des lieux comme celui-ci continueront à déverser leur idéologie fétide sur le monde.

Honte, honte, honte !

C'est à vous, mes sœurs et mes frères reclus, que je songe. C'est pour vous que je décrète, en moi, l'état de résistance permanent et le refus de toute reddition.

La seule hiérarchie qui vaille est celle du cœur.

Le désespoir n'aura jamais de place dans ma poésie.

Ma sœur.

Je pense à toi, ma sœur, et mon esprit couvre d'une aile inquiète les eaux noires du souvenir.

Ce que je possède, je dois le travailler encore, et le restituer à toute la vie…

Notre enfance.

La grande maison.

Ce paradis très tôt perdu.

Notre passé, frigorifié comme un oisillon dans le givre.

– D'où viens-tu ?

– De Monemvassia.

– Et toi ?

– …

Tant d'êtres ici ne savent plus d'où ils viennent.

Nous, nous le savons. Ce grand récif escarpé de notre naissance où les Vénitiens, jadis, avaient construit une forteresse.

– Monemvassia, en Laconie, sud-est du Péloponnèse.

– Connais pas.

– Et toi, camarade, dis-moi, où es-tu né ?
– Ne sais plus. C'est loin, trop loin.

Ma sœur.

La vie était austère mais c'était notre vie.

Je revois les maisons enracinées au rocher comme de très vieilles souches. La pierre rongée par l'air marin. Les ruelles où siffle le vent. La chatte tigrée qui se faufile sans un bruit. Les corneilles sur la clôture. Les habits déchirés du grand-père dont nous avions fait un épouvantail. Le pain et la lumière.

Ma sœur.

Je revois notre mère sur le balcon. Sa lassitude, ce geste doux qui nous invitait à passer à table avant que rentre notre père, la moustache ébouriffée, le verbe haut, l'incohérence encordée à la taille comme un coutelas.

Le vois-tu encore, ma petite Loula, le pauvre pays de l'enfance ?

La vigne qui descend près de la mer.

Les oliviers, les pierres, les pierres, les oliviers.

Et cette charrue dans l'herbe jaune.

Ma sœur.

L'entends-tu encore la cloche de Christos Elkomenos qui résonne contre les parois de la montagne ?

Le silence de la maison qui s'agenouille.

Les flammes qui s'élancent dans la nuit,

Judas qui disparaît dans le brasier.

Les carillons de la résurrection,

Et nous qui répétions, l'amour de la vie suspendu aux lèvres, « *Christos Anesti, Chronia Polla !* », « *Christos Anesti, Chronia Polla !* ».

Là-bas, les oiseaux se taisaient lorsque nous veillions sur nos morts.

– Tu ne veux plus te souvenir, camarade, tu te tortures à tuer la mémoire.

– Oui.

– Sais-tu qu'un jour, pourtant, nous devrons nous battre pour tuer l'oubli ?

– …

Cette nuit, tandis que la lune mange la pénombre de sa tente, Yannis Ritsos ne sait plus s'il se trouve à Leros ou à Monemvassia. Il cherche le visage des disparus dans les plis de l'insomnie. Ses pensées scrutent l'absence. Son imagination sillonne les récifs du passé comme un bateau s'aventure dans une passe entre des rochers. La voici, la pâle figure de sa sœur. La lucarne du passé s'entrouvre et un rayon de lune entaille l'ombre de ses joues. Les mots d'un poème lui reviennent en tête :

Écarte la nuit
et viens près de moi
prenons-nous, comme alors, par la main
petits mendiants
de notre rêve ancien,
grands princes
de l'amour.

Loula…

Combien de fois était-elle descendue au rivage en pleine nuit, un sanglot dans la gorge, tandis que Yannis dormait dans la grande maison à l'abandon ? Le frère mort. La mère morte. Le père dévasté par l'alcool et la folie du jeu. Les collines d'oliviers, vendues. Les arpents de vigne, vendus. Les terres, où travaillaient encore il y a peu des centaines d'ouvriers agricoles, vendues, vendues, vendues ! La ruine qui menaçait jusqu'aux raisons de vivre. Et cette maison morte où deux enfants passaient leurs dernières nuits, l'un veillant sur l'autre, les mains jointes à deux pas des gouffres noirs.

Loula, ma grande petite sœur, toi qui priais et veillais dans le silence de la nuit, pour que je puisse dormir, toi qui descendais jusqu'à la mer pour y perdre tes larmes argentées, jamais tu n'as pleuré devant moi, jamais tu ne m'as laissé entrevoir l'étendue de ta détresse. Je sais aujourd'hui ce qu'étaient tes nuits à Monemvassia après la mort de notre mère. Tu attendais que mes sanglots s'apaisent et que je m'endorme pour quitter la chambre et descendre en cachette par le sentier.

Là, sur les rochers battus par les flots, ton cœur donnait libre cours à son chagrin. Quand les larmes brouillaient ta vue, souvent tu as pensé qu'il suffisait de te précipiter dans la mer pour en finir avec cette vie de malheur. Mais ton petit frère dormait dans la grande maison vide. Comment pourrait-il survivre seul ? Comment peut-on abandonner ceux que l'on aime ?

Quand le furet de la nuit pinçait tes jambes et tes bras, tu finissais par te calmer. Tu remontais vers notre chambre pour retrouver l'enfant de douze ans qui dormait, paisible. Alors tu demandais pardon à la Sainte Vierge et à saint Hiérothéos, le patron protecteur de Monemvassia, pour toutes ces choses sombres que tu avais imaginées.

– Ma sœur ?
– Oui, je suis là.
– L'enfance est là aussi.
– Dors, mon Yannis, dors.

Je suis parti le vendredi 3 mai 1968.

Je m'en souviens parce que c'était le jour de mon anniversaire et que ce jour-là quatre cents manifestants avaient occupé la Sorbonne. Le lendemain, lors des émeutes qui ont opposé les étudiants aux CRS, je n'étais plus à Paris, mais à Genève, et j'ai passé une partie de ma journée l'oreille collée au transistor.

Je n'ai pas oublié les sentiments mêlés que j'éprouvais alors : l'envie et la peur de partir, le goût de la liberté et l'appréhension de ne pas pouvoir revenir en arrière, l'impression étrange de faire et de défaire ma vie en même temps. Je n'ai jamais songé qu'il me serait aisé de retrouver Fotini, que la dictature avait jetée quelque part, loin de moi, mais je ne pouvais m'empêcher d'espérer. La croiser par hasard dans une rue ou dans les couloirs de l'université d'Athènes ? Comme si les choses pouvaient être aussi simples…

En quittant la France, je me rapprochais de l'endroit où Fotini était supposée se trouver, mais je m'éloignais des sources d'information fiables que me communiquaient presque quotidiennement mes amis grecs de Paris.

Bref, je venais d'avoir vingt et un ans, et j'avais pris la décision la plus aventureuse de ma vie. Je partais, mais je n'avais aucune idée de ce qui m'attendait.

L'enveloppe de papier kraft que m'avait donnée Claude Durand était restée tout un week-end sur mon bureau, avant que je ne prenne la décision d'accepter la proposition qui m'était faite.

À l'intérieur, un billet de train pour Genève, une lettre à l'enseigne du CICR, le Comité international de la Croix-Rouge, et une brochure présentant ses missions dans le monde.

La lettre disait que le CICR cherchait quelqu'un pour accompagner ses missions d'inspection dans les camps. Pas un médecin, pas un inspecteur, non, mais un assistant qui puisse rédiger des rapports, effectuer des travaux de secrétariat, seconder les délégués chargés d'effectuer des visites dans des lieux de détention. Quelqu'un qui connaisse la situation politique de la Grèce. Qui sache observer et décrire. Quelqu'un de fiable, qui ne ferait rien qui puisse compromettre les missions.

« Professionnalisme.

Sens des responsabilités.

Engagement humanitaire. »

Et ces mots qui figuraient en bonne place sur la brochure : « Travailler pour le CICR, c'est plus qu'un métier ; c'est une expérience qui change des vies. » J'ignorais pour autant ce que cette expérience de terrain changerait dans la mienne.

Quels liens Claude Durand entretenait-il avec la Croix-Rouge internationale ? À qui avait-il proposé ma candidature ? Comment avait-il fait pour convaincre ses interlocuteurs que j'étais la bonne personne à recruter ? Je ne l'ai jamais su et cela importe peu. Mais c'est un fait : je suis parti et ces voyages, vers la Suisse puis vers la Grèce, ont changé le cours de mon existence.

Genève. Ma formation y a duré un mois. Cours de langue. Cours de géographie. Cours d'histoire. Initiation au droit international. Analyses de la situation politique. J'étais soudain propulsé dans un contexte d'apprentissage qui ressemblait à ce que j'avais imaginé des études en sciences politiques, deux années auparavant, lorsque je m'interrogeais sur mon avenir. Apprentissage éclair, néanmoins, puisque j'allais bientôt me retrouver sur le terrain, dans un théâtre d'opérations proche de ceux que connaissaient les délégués envoyés dans des pays en guerre.

Je n'en menais pas large.

Se retrouver avenue de la Paix, à Genève, dans un environnement cossu, et s'apprêter à faire un saut dans le vide... Bon sang ! Au cours de ces quatre semaines de préparation, il m'est arrivé plusieurs fois de rêver que j'étais un astronaute en partance pour l'espace, que l'on préparait déjà à poser le pied sur la Lune.

Mais le CICR n'était pas la NASA. L'avion que j'allais prendre début juin pour Athènes ne se nommerait pas Apollo. Les hommes qui encadraient ma formation ne s'appelaient pas Buzz Aldrin, Neil Armstrong ou Michael Collins. Je ne partais pas pour l'espace, mais pour la Grèce des colonels.

Et cela me flanquait une sacrée frousse.

Engagés volontaires.

Les collaborateurs du CICR devaient avoir le sens des responsabilités. Du sang-froid à revendre. « Un sens aigu des limites des missions d'inspection qui vous seront confiées », nous disait-on alors.

Étais-je prêt à franchir le pas au début du mois de juin 1968 ? À me retrouver dans l'arène d'une dictature ?

Rien n'était moins certain, mais je pensais avoir compris quel était le sens de notre mission.

En théorie, le CICR était là pour assurer protection et assistance aux victimes du putsch militaire d'avril 1967. Pour apporter une aide humanitaire dans les situations d'urgence. Pour promouvoir le respect du droit international… Mais dans la pratique, la mission des délégués, dont je ferais bientôt partie, était soumise à un accord passé entre le gouvernement du royaume de Grèce et le siège de la Croix-Rouge internationale. Les clauses de cet accord nous sont parvenues une dizaine de jours avant le départ. C'était un document dactylographié de trois pages qui définissait avec précision le cadre de notre mission. L'accord prévoyait un droit de visite aux détenus politiques et des facilités élargies pour l'assistance de leurs familles:

« Les délégués du Comité international de la Croix-Rouge, accompagnés de leurs interprètes, ont accès à tous les lieux où se trouvent à titre permanent ou temporaire les déportés administratifs, à savoir: les camps de déportation, les lieux de transfert, les infirmeries et les hôpitaux.

[…]

Les délégués du CICR sont autorisés, à la requête des familles, à demander aux autorités de police des renseignements au sujet des personnes arrêtées ou détenues, au cas où les familles n'auraient pu obtenir

directement ces informations auprès des autorités compétentes.
Les renseignements porteront plus particulièrement sur :
- le lieu de détention,
- le caractère général du délit,
- les conditions de détention,
- les possibilités de visites par les membres de la famille ou les délégués du Comité international de la Croix-Rouge. »

Lorsque j'ai lu ces lignes pour la première fois, mon cœur s'est emballé. Je ne savais pas exactement où vivaient les parents de Fotini dans l'est de la Crète, mais une simple requête de leur part et nous saurions peut-être si elle avait été arrêtée. Je finirais par connaître son lieu de détention. Je saurais ce qu'on lui reproche. Je pourrais lui rendre visite. Avec un peu de chance, je contribuerais à sa libération puisqu'elle ne pouvait être emprisonnée que par méprise. Un formidable espoir m'a envahi. J'ai imaginé Fotini dans mes bras. Son corps contre le mien. Je nous ai vus sortir ensemble d'un camp ou d'une prison pour femmes, cheveux au vent, main dans la main… Ah, naïveté de la jeunesse quand tu nous tiens ! J'ai lu la suite du document et j'ai compris que les choses ne seraient pas aussi simples.

«La désignation des délégués du Comité international
de la Croix-Rouge, ainsi que du personnel de bureau,
sera soumise à l'agrément des autorités compétentes.

[...]

Comme par le passé, et selon l'usage, le Comité
international de la Croix-Rouge et ses délégués
ne porteront pas d'appréciation sur les motifs
de l'internement et de la détention.»

Je ne suis pas le seul à avoir froncé les sourcils à la lecture de ce passage.

– Comme par le passé ? ai-je dit au formateur qui nous avait transmis ce document.

La réponse ne s'est pas fait attendre.

– La Croix-Rouge ne date pas d'hier, Antoine. Pendant la Seconde Guerre mondiale, des délégués étaient déjà envoyés en Allemagne, en Pologne, en Tchécoslovaquie, pour des missions d'observation.

Il a marqué un temps de silence, puis il a repris :

« As-tu déjà entendu parler de Theresienstadt dans les Sudètes, une région située au nord de Prague que l'Allemagne avait annexée ?

Il a vu que j'entendais ce nom pour la première fois.

« Eh bien, les nazis y ont autorisé la visite de la Croix-Rouge pour faire taire les rumeurs à propos des camps d'extermination. On y a construit de faux magasins, des cafés, un terrain de sport, un théâtre. Des logements y ont été repeints pour créer l'illusion du confort. Un opéra pour enfants y était joué. Maurice Rossel, médecin suisse et fonctionnaire du CICR en visite dans le camp en juin 1944, s'est laissé complément berné.

– Vous voulez dire que le CICR a été victime d'une supercherie ?

Ma question ne l'a pas surpris.

– Oui, jeune homme. Et on nous l'a beaucoup reproché après la guerre.

Il a regardé chacun d'entre nous avec insistance puis il a repris :

« Vous partirez pour Athènes dans quelques jours… La Grèce, ce n'est pas l'Allemagne nazie, mais il faut bien appeler un chat un chat : le régime instauré depuis deux ans par Georgios Papadopoulos, Stylianos Pattakos et leurs amis, c'est une dictature militaire. On cherchera à vous enfumer. On ne vous montrera que ce qu'on veut vous montrer. Vous n'aurez pas accès à tous les centres de détention. Vous ne serez libres ni de vos mouvements ni de vos paroles. Mais les inspections, même partielles, que vous effectuerez sur le terrain permettront peut-être d'adoucir la vie des détenus. Pragmatisme, engagement humanitaire et discipline, messieurs, voilà les maîtres mots de votre mission !

Par la suite, tout est allé très vite.

Le mardi 4 juin 1968, un télex parvenu au siège du CICR stipulait que le gouvernement du royaume de Grèce agréait la liste des trois délégués susceptibles d'effectuer des visites dans des centres de détention.

« M. Pierre Hernandez, chef de délégation,
Dr Maurice Montsigny, délégué-médecin,
M. Antoine Kolly, délégué-secrétaire. »

En cet instant, j'ai eu le sentiment que de grands vents soufflaient sur ma vie. « Antoine Kolly, délégué-secrétaire. » Je faisais donc partie de la délégation du CICR chargée d'inspecter les prisons grecques ! Le destin imaginé pour moi par Claude Durand était en train de prendre corps. Dans quelques jours, je me retrouverais dans le même pays que Fotini. J'allais fouler le sol que chante Yannis Ritsos.

Ce sol,
Il est à toi, il est à nous
Nul ne peut nous le prendre

me suis-je dit en moi-même, modifiant à peine les paroles de son texte.

Un second télex était venu préciser les conditions dans lesquelles se déroulerait notre mission. La délégation du CICR disposerait de bureaux destinés à son secrétariat ainsi qu'à l'accueil des familles. Un officier de liaison serait chargé de l'escorter. Enfin, le document établissait la liste des centres de détention que nous serions autorisés à visiter dans les trois mois à venir:

«Leros-Lakki,
Leros-Partheni,
Oropos,
Alikarnassos,
prison d'Averrof,
prison d'Égine,
prison Korydallos.»

Nous sommes partis cinq jours plus tard.

Genève-Athènes. Trois heures de vol qui ont filé comme un trait de plume dans le ciel de l'Europe.

À travers le hublot, la lumière me paraissait presque irréelle.

J'ignorais tout de ce qui m'attendait.

J'étais heureux mais j'avais peur.

– Il ne se plaint jamais, mais je sais qu'il souffre.
– Où ça ?
– Là, en bas du ventre.
– Ce n'est pas la vessie à cet endroit ?
– Possible.

Les deux hommes se sont assis sur des rochers, face au rivage. Les flots scintillent dans la lumière du matin. Ils ont roulé une cigarette qu'ils fument lentement, à tour de rôle.

– On dit que sa femme est médecin ?
– Ah bon. Depuis quand ne l'a-t-il pas revue ?
– Avril 1967. Cela fait plus de quinze mois.

Le plus âgé des deux ramasse un caillou sur le sol et le serre dans sa paume.

– Sa femme, la tienne, la mienne. Les reverrons-nous un jour ?

Pendant de longues minutes, les deux prisonniers scrutent l'horizon, comme s'ils s'attendaient à voir passer une voile, puis leurs regards se posent à nouveau autour d'eux : la mer à perte de vue, l'île, les falaises abruptes, les roches parsemées d'arbustes épineux, la terre déjà sèche pour la saison. Sur la droite, derrière un vallon, ils aperçoivent les deux bâtisses imposantes où sont logés une partie des détenus.

– Construction italienne. Tu le savais ?

– Oui. Autrefois, c'était un dépôt de munitions.

Une mouette déchire l'air de son cri, avant de disparaître à la pointe nord de l'île.

– Il lui est arrivé de recevoir des médicaments.

– Envoyés par sa femme ?

– Je crois que oui. Mais ça ne suffit pas, sa santé se détériore.

– Et si c'était un cancer ?

L'homme s'interrompt encore, puis reprend :

« Il a besoin de consulter un médecin, peut-être d'aller à l'hôpital.

Un instant, la mouette réapparaît en contrebas, son aile frôlant les flots, avant de s'éclipser à nouveau derrière les falaises. L'un des détenus tire une dernière fois sur la cigarette qu'il pince entre ses doigts, avant d'en écraser le mégot contre un rocher.

– Leros-Partheni ne peut pas perdre son plus grand poète.

C'est à Athènes que j'ai prononcé pour la première fois les noms de Fotini et de Yannis Ritsos.

Le chef de la délégation, Pierre Hernandez, m'a enjoint à la plus grande prudence. Il m'a d'abord rappelé que des milliers d'élus, de syndicalistes, de militants, de médecins, d'avocats, de journalistes, d'étudiants, d'écrivains avaient été jetés en prison. Parmi eux, des personnalités de premier ordre, comme Georges Papandréou, l'ancien chef du gouvernement, Mikis Theodorakis, le compositeur, auteur de la musique du film *Zorba le Grec* sorti cinq ans plus tôt sur les écrans, ou bien encore Manolis Glezos, une des figures majeures de la résistance grecque au nazisme.

– Pour Yannis Ritsos, nous ne devrions pas avoir trop de difficultés, m'a-t-il dit. Il est connu. Des comités de soutien en appellent à sa libération. Nous devrions parvenir à identifier le camp où il se trouve.

Pierre Hernandez a noté les noms que je venais de prononcer dans un carnet, puis il a repris :

« Mais pour ton amie, Antoine, les choses risquent d'être beaucoup plus compliquées. D'abord, es-tu certain qu'elle est emprisonnée ?

J'ai expliqué que Fotini n'avait plus donné signe de vie depuis un an. Qu'elle avait quitté sa chambre du quartier

Analipsi, à Héraklion. Que sa logeuse, Mme Hatzidaki, était inquiète pour elle parce que des membres de la Sûreté étaient venus lui rendre visite.

J'ai vu que Pierre Hernandez prenait ces informations très au sérieux.

– Tu as de bonnes raisons d'être inquiet, Antoine. Mais sois prudent, très prudent. Nous ne pourrons pas outrepasser les limites de notre mission. Un seul mot de travers et, tu le sais, c'est la révocation.

Une heure plus tard, tandis que je me trouvais seul dans le bureau que les autorités grecques avaient mis à notre disposition, le chef de la délégation est revenu vers moi.

– La première chose à faire est d'entrer en contact avec la famille de Fotini, en Crète, pour savoir si elle a réellement disparu. Cela, Antoine, en tant que chef de la délégation du CIRC, je peux me permettre de le faire. Mais toi, de ton côté, tu ne bouges pas. Compris ?

J'ai déroulé la carte de Grèce que nous avions apportée de Genève. Il m'a aidé à la punaiser au mur, juste en face de son bureau.

– Le mois prochain, nous visiterons le camp d'Alikarnassos, une ancienne prison pour détenus de droit commun, qui se situe à la périphérie d'Héraklion. Depuis le coup d'État, les autorités grecques en ont fait un centre de détention pour femmes…

Mon cœur s'est mis à cavaler dans ma poitrine, l'émotion a rosi mes joues. Pierre Hernandez a posé sa main sur mon épaule.

– Pas d'emballement, Antoine. Il est rare qu'un prévenu soit incarcéré dans sa région d'origine. Les centres de détention que l'on visite en Crète sont remplis de détenus qui viennent de Thrace, d'Épire ou du Péloponnèse, et l'on envoie les Crétois en Attique ou dans le Dodécanèse. Cela isole les détenus et restreint aussi au maximum les relations avec l'extérieur. La première peine, tu le sais bien, c'est l'exil.

Il a quitté la pièce, me laissant seul avec des dossiers à classer. Quand il est revenu, deux heures plus tard, un sourire mitigé traversait son visage.

– Et voilà, Antoine ! J'ai au moins une des deux informations que tu attendais. Yannis Ritsos est actuellement incarcéré dans le camp de Partheni, sur l'île de Leros. Nous aurons bientôt l'occasion de nous y rendre. Quant aux parents de Fotini… Dans le contexte actuel, j'ai bien peur qu'il nous soit impossible de les retrouver.

Étrange période que celle que j'aurai vécue en Grèce au cours de l'été 1968. Elle aura apporté quelques-unes des plus grandes joies qu'il m'ait été donné de connaître et l'angoisse la plus folle. Lumière et noirceur. La noirceur au cœur même de la lumière.

Un matin, à l'aube, nous avons pris la route qui mène vers le nord, accompagnés par des militaires et munis d'un ordre de mission. Au programme, visite du pénitencier d'Oropos, situé à une cinquantaine de kilomètres d'Athènes, non loin du mont Parnès. Je n'ai pas oublié ce voyage au cours duquel Pierre Hernandez parlait de la Grèce antique et de littérature.

– Savez-vous, mes amis, que nous nous trouvons quasiment sur l'itinéraire emprunté par Philippidès, le messager grec qui a couru, vers –490, une distance d'environ quarante kilomètres pour annoncer à Athènes la victoire des Grecs contre les Perses ?

Pendant le trajet qui nous conduisait près du village de Scala Oropos, une discussion s'est engagée pour savoir si cette version des faits était historiquement exacte. Pierre Hernandez citait Hérodote, Plutarque, et j'ai compris en approchant du pénitencier que cet homme nourri de culture classique éprouvait une admiration sans limites pour la Grèce antique et la naissance de la démocratie. Par une curieuse ironie du sort, le chef de la délégation du CICR se trouvait aujourd'hui dans l'un des organes de répression d'une dictature.

Les murs d'enceinte de la prison d'Oropos s'étendaient jusqu'à la mer. Au centre, des baraquements qui servaient de dortoirs, de réfectoire, d'infirmerie. Le jour de la visite, le camp – du moins ce que nous en avons vu – comptait une centaine de détenus. Plusieurs d'entre eux, momentanément absents, se trouvaient dans des hôpitaux d'Athènes. Sur le registre, un nom barré d'un trait à l'encre rouge avait attiré notre attention.

– C'est celui d'un détenu atteint d'une maladie grave qui est décédé en mai dernier, peu après son transfert à l'hôpital général d'Athènes, nous a dit l'officier chargé de nous faire visiter le camp.

– Et quelles sont les causes de sa mort ? a demandé Montsigny, le médecin du CICR.

– Thrombose cérébrale, messieurs. Vous pourrez vérifier dans le dossier.

Les bâtiments que l'on nous a fait visiter ce jour-là nous ont paru corrects. Installations sanitaires propres et commodes. Buanderie accessible aux détenus sur autorisation de l'administration pénitentiaire. Dortoirs salubres. Cuisines respectant les règles élémentaires d'hygiène. Cour accessible aux promenades… Pierre Hernandez m'a demandé de noter que « pour une détention provisoire les conditions de logement étaient acceptables ».

Par la suite, nous avons longé les murs d'enceinte jusqu'à la mer. À la pointe est du camp, une porte flanquée d'un mirador permettait d'accéder au rivage. Là, entre les rochers, à proximité des grilles surmontées de barbelés, une petite plage donnait soudain l'impression que le pénitencier s'ouvrait à la vie. Dans le rapport que j'ai été chargé de dactylographier le lendemain, le CICR faisait remarquer aux autorités compétentes que :

« L'ouverture d'une plage (pendant au moins deux heures par jour), qui se trouve située en bordure des clôtures, ne poserait aucun problème réel de sécurité. »

J'ignore si cette préconisation aura servi à quelque chose.

À leur manière, les heures qui ont suivi m'ont ramené au cœur de mes préoccupations. Ce jour-là, Pierre Hernandez a obtenu du directeur du pénitencier que la délégation du CICR puisse s'entretenir sans témoin avec des détenus de leur choix. Il a coché trois noms sur une liste et trois détenus ont successivement été amenés dans le réfectoire où se déroulaient les entretiens.

Le premier, un vieil homme qui se trouvait ici depuis plus d'un an, s'est plaint de douleurs dans les jambes et dans le dos, ainsi que de problèmes dentaires nécessitant des prothèses qu'il était dans l'incapacité de payer. Il a fait remarquer, avec une infinie tristesse dans le regard, que sa femme, aussi âgée que lui, n'avait jamais pu lui rendre visite en raison de l'éloignement dans lequel il se trouvait. Il a ajouté qu'il craignait de ne jamais la revoir.

Le deuxième, un jeune homme qui devait avoir à peu près mon âge, n'a que peu parlé, comme s'il craignait des représailles. Il a cependant signalé que l'allocation journalière de 17 drachmes que recevait chaque détenu ne prenait pas en compte le coût de la vie. Quand Pierre Hernandez lui a demandé de préciser ce qu'il entendait par là, il a simplement dit qu'avec cette somme il parviendrait à subvenir à ses besoins dans la prison de Karpathos, son île natale, mais qu'ici, au nord de l'Attique, la vie était presque aussi chère qu'à Athènes.

C'est le troisième détenu, Andreas Lambrakis, qui a bouleversé ma journée et peut-être aussi, sans le savoir, le cours de mon existence. L'homme, que deux gardiens ont accompagné avant de se retirer, avait été arrêté un mois auparavant pour avoir distribué des tracts hostiles au pouvoir. C'est du moins ce que faisait apparaître le mince dossier qui nous avait été remis. La vérité était peut-être ailleurs, dans le passé immédiat de cet homme, charpentier de son état, qui avait été amené à effectuer des réparations à Vrachati dans la maison où le compositeur grec Mikis Theodorakis se trouvait en résidence surveillée.

– Vous connaissez donc Mikis Theodorakis ? avait insisté Pierre Hernandez.

L'homme avait alors exposé les faits qui l'avaient conduit à rencontrer le compositeur. En mars dernier, il se trouvait sur un chantier à Corinthe, non loin de Vrachati. Un matin, deux policiers s'étaient présentés, expliquant que l'on avait besoin d'un couvreur pour refaire l'étanchéité d'une toiture endommagée pendant la saison des pluies. Le travail ne durerait que quelques jours et serait bien payé. C'est ainsi que l'homme s'était retrouvé, trois jours durant, dans la propriété de Mikis Theodorakis.

– C'est un homme cordial et généreux, avait expliqué le détenu. Deux à trois fois par jour, il m'invitait à faire la pause, me proposant un verre d'eau fraîche, un café frappé, une part de *portokalopita* ou des olives. Je n'ai vraiment pas eu à me plaindre de la façon dont j'ai été traité.

Il avait marqué un temps de silence puis il avait repris :

« Nous n'avons jamais parlé politique. J'ai compris que sa résidence de Vrachati était surveillée par la police. Chaque matin, un officier faisait irruption chez lui, on lui téléphonait trois à quatre fois par jour. Moi-même, j'étais fouillé par la police en entrant et en ressortant de son domicile.

– Et la musique ? avait renchéri Pierre Hernandez.

L'homme avait poursuivi ses explications.

– Je sais que M. Theodorakis composait alors une œuvre en rapport avec les semaines de détention qu'il avait connues dans les locaux de la police, rue Bouboulinas à Athènes, ou dans la prison Averoff, mais je ne saurais vous en dire davantage. Je ne l'ai jamais entendu jouer du piano. Aucune de ses œuvres n'était diffusée dans la maison en ma présence. Il m'a d'ailleurs lui-même expliqué que ses pièces musicales étaient actuellement interdites en Grèce. En d'autres temps, il m'aurait offert un disque, mais toute personne en possession d'une œuvre proscrite court, paraît-il, le risque d'une arrestation. Je sais qu'une jeune fille de vingt-trois ans, Athanassia, avait été déférée devant le tribunal d'Athènes pour avoir mis un de ses disques sur son électrophone et avoir ensuite amplifié le son au maximum.

Ailleurs, à Thessalonique, c'est un disquaire qui a été interpellé pour avoir vendu un de ses albums.

– Vous-même avez été prudent, n'est-ce pas, Andreas ? risqua Pierre Hernandez.

– Oui, très prudent. Je suis un simple ouvrier que le hasard a conduit dans la maison de Mikis Theodorakis. Les faits dont on m'accuse, ces tracts politiques que j'aurais soi-disant distribués, sont imaginaires. Je n'ai rien à me reprocher. C'est tellement vrai que, jusqu'alors, je n'avais parlé à personne de cette rencontre avec le compositeur. Pensez donc, je ne connaissais même pas le nom du poète dont M. Theodorakis m'a parlé.

Mon sang n'a fait qu'un tour.

– Quel poète, Andreas ?

– Un certain… Yannis Ritsos.

Cette fois, c'est moi qui ai pris la parole.

– Vous dites que Mikis Theodorakis vous a parlé de Yannis Ritsos ?

L'homme a pris le temps de réfléchir, comme s'il voulait apporter la réponse la plus exacte possible.

– Oui, le dernier jour, juste avant mon départ. M. Theodorakis aurait voulu que je fasse passer un message de sa part à M. Ritsos.

– Mais vous venez de dire que vous ne le connaissiez pas ?

Andreas Lambrakis nous a regardés, presque amusé.

– C'est vrai ! Mais je suis originaire du village de Panteli, sur l'île de Leros, où j'espérais retourner voir ma mère pendant l'été. Quand M. Theodorakis l'a su, il m'a parlé de son ami poète, actuellement détenu dans le camp de Partheni. Il m'a dit : « Qui sait si tu ne le croiseras pas un jour. Le monde est petit… »

– Et ce message à lui transmettre, Andreas, quel était-il ?

– Je ne l'ai pas oublié. Voici ce que m'a dit M. Theodorakis : « Quand tu seras à Leros, si tu vois Ritsos, dis-lui ceci : comme autrefois nous avions fait *Epitaphios*, je voudrais quelque chose pour l'époque actuelle. Quelque chose sur le présent. Quelque chose de simple, de profond, et de totalement contemporain. »

J'ai noté sur mon carnet les propos qu'Andreas venait de rapporter. Peu de temps après, les gardiens ont fait irruption dans la pièce pour le reconduire dans sa cellule.

Je ne l'ai jamais revu. Mais, après son départ, quelque chose flottait dans l'air, comme soulevé par les effluves de ses paroles.

La visite du camp d'Alikarnassos, en Crète, m'a à la fois rapproché et éloigné de Fotini. Pis encore, elle m'a plongé dans le doute et l'angoisse.

Au fond qu'avais-je imaginé en me rendant à Héraklion ? Une promenade de santé dans les rues de la ville ? Une visite à Mme Hatzidaki, sa logeuse du quartier Analepsi ? Je savais bien que je n'avais aucune chance de croiser Fotini lors de mon passage en Crète, mais je n'ai pu m'empêcher d'espérer.

À six heures du matin, une escorte militaire nous a conduits à l'aéroport d'Athènes. La lumière rasante du petit jour, le bleu du ciel et de la mer, les îles ocre, presque fauves, survolées dans un éblouissement… Un instant, la beauté des choses m'a fait oublier que nous partions visiter une prison. Et puis, il y eut cette impression soudaine de rouler sur une piste lorsque l'avion, sa descente amorcée, a contrarié les courants dominants du meltem. L'échancrure des montagnes, les ailes qui obliquent plein ouest, le liseré du rivage longé à basse altitude, la sensation de plonger dans les flots, jusqu'à choper le mince ruban d'asphalte qui mène à la terre ferme… J'ai posé le pied sur le sol crétois et un immense désir de retrouver la femme que j'aime m'a envahi.

La suite ne m'a guère laissé le temps de rêver.

Nous sommes descendus de l'avion. Un véhicule militaire nous a aussitôt conduits à la prison d'Alikarnassos, à la pointe ouest de la piste, à deux pas du rivage.

Pourquoi les centres de détention grecs sont-ils si souvent placés au bord de la mer, dans des lieux qui pourraient accueillir des clubs de vacances et des hôtels? Est-ce pour rendre l'internement plus cruel? Pour limiter les risques d'évasion? Pour faciliter le transfert des prisonniers?

Ce jour-là, Pierre Hernandez m'a fait prendre des pages et des pages de notes, comme s'il voulait m'empêcher de gamberger.

J'ai décrit la position géographique de la prison,

décrit le grand bâtiment central et les murs d'enceinte,

décrit les clôtures et les rangées de barbelés,

décrit le hall qui se trouve au cœur du bâtiment et les galeries superposées qui donnent accès aux cellules.

J'ai noté que, en ce 12 juillet 1968, 133 femmes se trouvaient détenues à Alikarnassos, dont deux à l'hôpital,

34 d'entre elles avaient un mari interné à Leros,
12 étaient mères d'enfants mineurs.

J'ai noté que le commandant du camp se nommait Christos Elefteriou.

Que les installations sanitaires étaient assez vastes, aérées, propres mais rudimentaires.

J'ai noté que les détenues se plaignaient de manquer de savon.

Qu'elles étaient elles-mêmes chargées de l'entretien du bâtiment et des cellules.

J'ai noté que la nourriture n'était pas faite sur place, en raison de problèmes techniques, mais à l'extérieur, dans le quartier d'Alikarnassos, et que les femmes mangeaient souvent tiède.

J'ai noté que les détenues dépendaient entièrement de leur famille pour l'habillement.

Que les plus démunies portaient les mêmes vêtements depuis deux ans.

Que l'hiver est terrible dans la prison, en raison du froid et de l'humidité.

J'ai noté que les soins médicaux et dentaires étaient insuffisants.

Que le médecin du camp, la doctoresse Maliaraki, traitait les malades sans commisération.

Qu'il n'y avait aucun soin gynécologique.

Que les médicaments étaient à la charge des détenues.

Que les cas les plus graves étaient envoyés à Athènes.

J'ai noté que bon nombre de détenues présentaient des signes de dépression.

Que des femmes âgées paraissaient en grande souffrance.

Que les plus atteintes d'entre elles pouvaient être envoyées dans un hôpital psychiatrique, quelque part en Crète ou dans le Dodécanèse.

J'ai noté que les mères d'enfants mineurs aspiraient à être libérées pour s'occuper de leur famille.

Que les rencontres au parloir entre mères et enfants devraient avoir lieu librement, sans la présence d'un gardien.

J'ai noté que les détenues avaient accès aux cours intérieures murées, chaque jour, du lever au coucher du soleil, mais que ces cours privées d'ombre étaient insupportables l'été.

J'ai noté que les détenues demandaient depuis deux ans que la cour non murée mais clôturée leur soit ouverte une fois par semaine, afin qu'elles puissent avoir un accès visuel au paysage.

J'ai noté, noté, noté,

jusqu'à ne plus sentir les doigts de ma main droite,

jusqu'à ne plus sentir mon cœur qui rêvait de retrouver le nom de Fotini sur une liste,

jusqu'à ne plus savoir si j'étais le frère, l'amant, le fils, le père de toutes ces détenues esseulées, que la dictature avait jetées là sans autre forme de procès.

Tandis que je travaillais sous la dictée de Pierre Hernandez, d'autres mots hurlaient dans ma tête. Des mots qu'aucun délégué du CICR n'était alors autorisé à coucher sur le papier. Des mots interdits de séjour. Des mots que tout observateur était contraint de refouler sous peine de devoir quitter *manu militari* le territoire grec. Des mots que laissait parfois entendre le silence des détenus, et que trahissaient les regards et les corps. Des mots à faire vriller les consciences :

Arrestation arbitraire.

Incarcération sans mandat d'arrêt.
Interrogatoires musclés.
Passages à tabac.
Isolement.
Intimidation.
Privation de nourriture et d'eau.
Viol.
Torture.

Mes mains tremblaient. Des appels de détresse fusaient dans ma tête.

Je ne sais comment j'ai réussi à traverser cette journée de visite à la prison d'Alikarnassos.

Dans l'après-midi, après l'inspection des cellules, Pierre Hernandez s'est entretenu avec le commandant du camp. J'ai vu qu'ils parcouraient ensemble la liste des détenues, puis un registre dont le commandant tournait lui-même les pages.

Une heure après, lorsque les portes du pénitencier se sont refermées derrière nous, qui étions sur le point de regagner l'avion, il s'est penché vers moi et m'a dit :

– Fotini ne se trouve pas à Alikarnassos, son nom ne figure pas sur la liste des 133 détenues.

Il a marqué un temps de silence, puis il a repris :

« En revanche, elle y est passée, brièvement, en mars de cette année. Son nom figure sur le registre des admissions.

Mon cœur n'a fait qu'un bond.

Pierre Hernandez a posé une main ferme sur mon avant-bras.

« Allons, Antoine, du calme ! Fotini n'est restée que deux semaines à Alikarnassos. Elle en est repartie le 20 mars.

– Mais où l'a-t-on cmmenée ?

– Je l'ignore mais, on le sait, bon nombre de Crétois ont été transférés dans le Dodécanèse.

Peu après, notre avion décollait pour Athènes.

J'ai compris très tôt que le travail effectué en France, dans l'entourage de Claude Durand, d'Aris Fakinos et de Clément Lépidis, était ici une langue interdite.

Interdite parce que les intellectuels français qui tentaient de pénétrer sur le territoire grec pouvaient à tout moment être arrêtés par la police politique. Gare à ceux qui avaient la malchance d'être appréhendés. Généralement ils étaient conduits à l'Asphalia, la Sûreté générale d'Athènes, ou dans un camp de l'ESA, la police militaire, qui se situait en plein cœur de la ville, non loin de l'ambassade des États-Unis et de l'hôtel Hilton. Là, on les interrogeait. On les faisait craquer. On les faisait parler. « Personne ne sort vivant d'ici », leur disait-on. Et tôt ou tard, le journaliste que l'on avait arrêté finissait par avouer des crimes qu'il n'avait pas commis. Ceux qui représentaient la mouvance « anarcho-communiste » ou « démocrato-communiste » n'avaient pour ainsi dire aucune chance de revenir.

Tout cela, je l'ai compris dès mes premières semaines en Grèce. Le simple fait d'être Français, en âge d'avoir participé aux événements de mai 1968, pouvait altérer la barrière de protection que représentait pour moi la délégation de la Croix-Rouge. Ce que j'avais vécu à Paris n'existait pas, n'existait plus.

– Je sais que tu as travaillé pendant quelques mois dans l'entourage de dissidents grecs réfugiés en France, m'avait dit un jour Pierre Hernandez. Tout cela, tu l'oublies. Pas un contact avec eux. Pas un mot sur eux. Mets-toi bien cette idée en tête, Antoine. La Grèce pour toi, c'est la mission du CICR. Toute la mission, mais rien que la mission.

Durant les mois que j'ai passé en Grèce, sous la junte des colonels, je n'ai jamais dérogé à cette règle. Jamais je n'ai cherché à prendre contact avec mes amis restés à Paris. Jamais je n'ai transmis des informations qui auraient pourtant été bien utiles à l'élaboration du *Livre noir de la dictature*.

Je n'avais désormais qu'un seul objectif en vue : retrouver la trace de Fotini et rencontrer Yannis Ritsos, le poète qu'elle admirait le plus.

Hématurie.

Vives douleurs et sang dans les urines.

Ce matin-là, le médecin militaire du camp de Partheni n'y est pas allé par trente-six chemins : cancer.

Ah ! le bruit que font les mots…

En août, tandis que la chaleur fait éclater les pierres, ce diagnostic se fiche dans la conscience du poète comme un clou rouillé dans le mur. Un clou, et rien de plus, qui n'empêchera pas la lune de se lever ce soir.

En quittant l'infirmerie du camp, le poète se demande qui du médecin ou du malade a le plus peur d'un pauvre mot. En vérité, personne ne voudrait le voir mourir à Leros, où l'on annonce la visite d'une délégation du Comité international de la Croix-Rouge pour le début de l'automne.

Sa santé se dégrade ? Eh bien, qu'on le soigne pour n'avoir rien à se reprocher ! Qu'on le retape pour pouvoir l'emprisonner à nouveau ! Ici, chacun le sait, il est des détenus plus embarrassants que d'autres.

Le poète est de ceux-là.

Au début du mois d'août 1968, Yannis Ritsos est transféré au centre anticancéreux de Saint-Savvas, à Athènes. D'un seul coup, tout s'éloigne : le camp, les rochers, la mer, l'immobilité du paysage, les gestes quotidiens, la mort qui rôde sous les pierres, le regard des camarades, les poèmes écrits chaque jour à la dérobée.

Qui quitte qui ? Est-ce lui qui s'éloigne de l'île, jusqu'à la voir disparaître au loin dans le sillage du bateau, ou l'île qui expulse de ses entrailles pierreuses la forme malade, le ver qui la ronge, le détenu que l'on ne veut pas voir croupir ici ?

Un lit.

Une chambre.

Des examens pour confirmer le diagnostic.

Deux gardes armés le suivent jusque dans les toilettes. Pensent-ils vraiment qu'il ait envie de s'évader, lui, le détenu qui serre les dents quand il pisse, l'urètre éraflé par la pierre, la pierre dans le corps et dans le cœur ? Doit-il leur dire qu'avec cette douleur dans le ventre… ? Ah ! S'il l'avait voulu, il se serait caché en avril 1967, comme on lui conseillait de le faire.

Il est là, maintenant, tout près de sa maison d'Athènes, dans le grand hôpital empuanti de corps malades, attendant que la nuit tombe pour retrouver les vastes espaces qui sommeillent en lui, cet autre corps qu'il abrite, inconnu des médecins et des gardes, ce corps immense, muet, insatiable, qu'il nourrit de poésie.

Comme chaque nuit, le poète voyage. Une barque vient le chercher dans son lit d'hôpital. Elle glisse sur les eaux noires de la solitude, s'éloigne du rivage, hisse une voile, et la voilà qui file pour une destination inconnue. Oubliés les gardes dans leurs guérites ! Oublié le bâtiment des cancéreux ! C'est en homme libre que le poète s'échappe.

Dans une passe entre deux rochers, tandis que la fraîcheur de la nuit fait frissonner la mer, un homme monte à bord de la barque et se poste devant le voyageur. Ce regard plein de bonté, sous la vigueur des traits… Ce bâton où s'enroule un serpent… Le poète le reconnaît aussitôt : c'est Asclépios, fils d'Apollon, celui qui apprit la médecine en suivant l'enseignement du centaure Chiron, avant de découvrir le moyen de ressusciter les morts. « Les autres dieux te jalousent, murmure Yannis Ritsos, et moi, je t'aime pour avoir fait renaître Orion. Je t'aime pour les plantes aux vertus secrètes, pour tes prescriptions médicinales, pour le mortier par lequel tu concasses la mort. Asclépios ! Emmène-moi où bon te semble, aux portes de l'Hadès ou dans les bois sacrés qui entourent le temple d'Artémis. »

Cette voix qui chante combien la vie est belle, d'où vient-elle ? Un instant, Yannis Ritsos reconnaît celle d'un poète dans le théâtre d'Épidaure. Sa silhouette paraît minuscule dans l'immense sanctuaire, mais sa voix porte au loin, tandis que des dizaines et des dizaines de pèlerins accourent de toute la Grèce pour se faire soigner par le dieu guérisseur.

– Eh ! toi, là, tu parles seul comme un vieux fou !

La matraque du gardien vient de heurter l'épaule de Yannis Ritsos, soudain tiré de son sommeil.

– Continue à parler tout seul quand tu dors, et nous te mettrons au mitard. Mais peut-être préfères-tu le pavillon des fêlés…

Quand il ouvre les yeux, le poète entrevoit le visage grimaçant du gardien. Puis, derrière lui, dans l'air saturé de la pièce, le regard transparent d'Asclépios qui s'amenuise dans la lumière.

Après quarante jours d'hôpital, le voici de retour au camp de Leros-Partheni.

Quarante jours et quarante nuits pour que passe la saison des pierres.

Quarante jours comme le carême ou le deuil.

Quarante poèmes écrits ou rêvés.

Il ne sait pas si le cancer est vaincu.

Il ne sait plus si l'hôpital ou le camp…

Qu'importent les lieux.

« *La vie, – une plaie à l'inexistence.* » avait-il écrit en juillet, avant de partir.

Le voici de nouveau ici, au vif de l'existence.

Pierres. Répétitions. Fils de fer barbelés.

Et ce besoin de poèmes chevillé au corps.

Dans le camp de Leros, le chant des cigales scie les barreaux du jour. Leur stridence cadence le temps qui semble tourner sur lui-même. Elle vrille les tempes des gardiens, tandis que les détenus ferment les yeux pour se sentir ailleurs.

Chacun convoque un souvenir, un lieu, une présence. Le jardin de l'enfance à la périphérie d'Athènes. L'ombre du vieux mûrier. La colline plantée d'herbes aromatiques. La chapelle d'une blancheur étincelante contre la roche noire des gorges. Cette voisine qui balaie devant sa porte aux premières lueurs du jour. La carcasse d'une cigale morte l'été dernier contre le tronc de l'olivier. La vigne et la maison. Le grand figuier sauvage enchevêtré à la muraille minoenne. Une femme, une sœur, une mère, assise sur le banc de pierre…

Parfois, un vent taciturne souffle sur le camp et les stridulations s'apaisent. Les hommes retrouvent alors la grande herse de la prison à ciel ouvert. Les barreaux reprennent leurs droits. Le fer durcit dans le silence. Des portes invisibles verrouillent l'espace.

Le poète est assis sur un rocher face au rivage.

Il ne parle pas. Ne fume pas. Ne cherche pas les galets

qu'il pourrait peindre. Il regarde la mer et songe aux vers d'un autre poète qu'il a traduits jadis.

« *Nous sommes dans notre propre monde…* »

Le mouvement des vagues ramène en lui le rythme d'un lointain poème. Une scansion différente de la sienne. Des mots simples, ordinaires, qui résistent à l'usure du temps.

« *La plus belle mer est celle*
sur laquelle on n'a pas encore navigué… »

Il le sait, la beauté d'un poème a toujours suffi à écarter le désespoir de sa route. Et Dieu, que celui-là est beau ! Qu'il aide à vivre celui qui le chante !

« *Le plus bel enfant n'a pas encore grandi.*
Et tout ce qu'il y a de plus beau,
le plus beau que j'aie à te dire,
je ne te l'ai pas encore dit. »

Est-ce la proximité des côtes d'Asie Mineure ? L'impression qu'en tendant l'oreille on pourrait entendre la mélodie du chant turc, de l'autre côté de la mer ?

Non, ce sont les cigales.

Yannis Ritsos le sait, ce sont les cigales qui lui font soudain songer au poète ami qui aurait tellement voulu être enterré dans un cimetière de village, là-bas, en Anatolie, un platane au-dessus de son corps rendu à la terre.

Nâzım…

Nâzım Hikmet, son frère aux yeux bleus, au cœur bleu, au sourire bleu, aux songes plus bleus encore, celui qui regardait l'obscurité sans éprouver le moindre ressentiment. Celui qui est resté tant et tant d'années en prison, sans que jamais son pain d'humanité ne durcisse, sans nulle haine pour l'oppresseur, sans autre rage que celle de vivre, la main toujours prompte à saisir le violon du poème.

Maintenant les cigales se sont tues.

Le soleil est passé sur l'autre versant des collines.

Bientôt le soir tombera sur le camp de Leros-Partheni.

Nâzım rencontré à Prague en 1962, un an avant qu'une crise cardiaque ne vienne le terrasser.

Nâzım l'exilé, mort à Moscou, où sa dépouille est demeurée.

Au loin, une voile rentre au port.

Un instant, Yannis Ritsos la voit rougeoyer dans les dernières lueurs du jour. Elle ondule dans le courant, presque hésitante, puis franchit la ligne d'ombre dont elle ne ressortira pas.

Avant de quitter les lieux, le poète murmure encore les vers qu'il avait consacrés à son ami :

« *Nâzım*
ainsi, tu nous as tellement aimés
ainsi, nous t'avons tellement aimé
que tout le monde t'appelle par ton prénom
tout le monde te tutoie
aussi bien la France, la Russie, la Grèce qu'Aragon
disent Nâzım
Neruda dit Nâzım
moi, je dis Nâzım
la liberté est l'un de tes noms
C'est le plus beau de tes noms
Bonjour Nâzım. »

Nous nous sommes rendus sur l'île de Leros dès les premiers jours de septembre. Pierre Hernandez connaissait déjà les lieux pour y être allé à la fin de la guerre civile, alors que l'archipel du Dodécanèse venait d'être rattaché à la Grèce pour la première fois de son histoire depuis la domination ottomane. Quant à moi, je débarquais dans un lieu dont j'avais maintes fois entendu parler, à Paris, lorsque j'aidais mes amis à instruire les dossiers du *Livre noir de la dictature*.

Je me souvenais des paroles d'Aris Fakinos lorsque j'avais émis un soupir de soulagement, apprenant que Yannis Ritsos avait été transféré du camp de Yaros à celui de Leros.

– Ne laisse pas ton imagination te jouer des tours, Antoine ! Yaros te fait frémir parce qu'on la nomme « l'île du Diable », mais Leros est peut-être pire…

Comme je manifestais mon étonnement, le romancier s'était fendu d'une longue explication :

« Avec Leros, nous ne sommes pas dans les Cyclades, à quelques milles nautiques des îles qui font rêver les touristes, mais au sud-est de la mer Égée, plus proche des côtes turques et de l'Asie Mineure que d'Athènes. Presque aux portes de l'oubli quand on y est retenu prisonnier. Comme les onze autres îles du Dodécanèse – tu sais que *dodeka* signifie « douze », n'est-ce pas ? –, Leros a subi toutes les invasions de l'Histoire. Ottomans, Perses, Arabes, Génois s'y sont succédé avant que les Croisés ne la cèdent aux Vénitiens en échange de l'aide apportée lors de la quatrième croisade. À Leros, comme partout ailleurs, on s'est battu contre les Turcs puis contre les nazis… Mais là, plus qu'ailleurs peut-être, les brassages de populations, les migrations, les déportations ont façonné les paysages de la mémoire humaine. Il y a toujours eu des colonies pénitentiaires à Leros. Aujourd'hui encore, deux camps y sont installés…

Aris avait allumé une cigarette avant de reprendre :

« Deux camps de concentration et un hôpital psychiatrique qui ne vaut sans doute guère mieux. Tu comprends ce que cela signifie, Antoine ? Cela signifie que l'économie de l'île repose sur le système carcéral. Des gens y travaillent. Des ouvriers en assurent l'entretien. Des centaines, des milliers de repas y sont préparés chaque jour avec les ressources du territoire. Des maisons de pêcheurs sont louées aux officiers. Des routes ont été aménagées pour faciliter le transfert d'un camp à l'autre. C'est bien simple, le système carcéral est le premier employeur de l'île.

Ces deux camps de concentration, je les connaissais à ma manière, toute théorique, pour avoir longuement écouté Aris ce jour-là, puis avoir lu les pages qu'il leur avait consacrées.

Le premier se trouve dans la moitié sud de l'île, juste en face du village de Lakki, sur la rive d'une anse profonde. Le camp est installé dans d'anciens bâtiments militaires entourés de grillages et de fils de fer barbelés. Plus de mille détenus s'y trouvent entassés.

Le second, le camp de Leros-Partheni, s'étend sur un hectare, à proximité de la mer, dans la partie septentrionale de l'île. Quelque cinq cents détenus s'y trouvent enfermés.

C'est là que j'ai rencontré Yannis Ritsos.

De la visite du camp de Leros-Lakki, je garde le souvenir d'une promiscuité intolérable. Cent à cent cinquante personnes entassées dans des dortoirs où l'on dort, où l'on mange, où l'on prépare parfois sa nourriture, où l'on soigne les malades bénins, où l'on entasse les bagages. On y passe le plus clair de son temps à attendre. Attendre l'heure de l'appel ou la distribution des déclarations de repentances. Attendre les interrogatoires. Attendre le colis qui n'arrive pas, le parloir où personne ne vient. Lors de la visite de ce camp, Maurice

Montsigny, en médecin averti, a signalé que la situation de surpeuplement donnait lieu à des troubles graves sur le plan de l'état de santé psychique des détenus. Dans le rapport qu'il m'a dicté au retour, il ajoutait que la promiscuité et le manque d'hygiène créent les conditions d'une probable contagion de la tuberculose. Enfin, dans les dernières lignes du document que le Comité international de la Croix-Rouge entendait remettre au major qui dirigeait le camp, le médecin rappelait que les conditions de vie des détenus ne devaient pas porter atteinte à leur dignité d'hommes. Dieu sait dans quelle oubliette de l'Histoire cette louable intention aura fini sa course…

L'homme que j'ai rencontré le 14 septembre 1968 dans le camp de Leros-Partheni était bien celui dont me parlait Fotini lors de nos pérégrinations crétoises. Un homme droit, au regard profond, où se lisaient tour à tour l'intelligence et la tolérance, le courage et l'empathie. Une grande douceur émanait de sa présence. Je me souviens de la surprise que j'éprouvai de le voir si élégamment vêtu en pareilles circonstances : un pantalon de toile, une chemise beige aux manches retournées sur les poignets, la barbe soigneusement taillée, les cheveux en brosse. Étrange sensation que celle de découvrir un visage que l'on a déjà vu vingt fois sur des photographies.

Le front haut des êtres que l'on ne fera pas plier parce que la pensée est adossée aux plus fiers monuments de la culture grecque. Ce sourire qui simplifie la relation aux autres en disant oui, et encore oui, à tous les rêves de fraternité. Ce grain de beauté sur la pommette droite où semble s'accorder le prix de chaque chose, fût-ce les plus modestes. Cette main vigoureuse et franche qui n'aime rien tant que rencontrer la vôtre.

Nous avions demandé à nous entretenir avec Yannis Ritsos sans témoin et sans limitation de temps. Par chance, le major Prokopis qui commandait le camp a répondu favorablement à notre requête, exigeant simplement que l'entretien n'excède pas trente minutes, afin de ne pas fatiguer un homme tout juste sorti de l'hôpital. Chance ou calcul habile ? Quand on retient prisonnier un homme aussi encombrant que le poète pour lequel des centaines d'intellectuels se sont mobilisés, on veille à ne pas être cet officier obtus que trois phrases assassines finiraient tôt ou tard par stigmatiser. On fait également en sorte que ce détenu hors-norme ne vous claque pas entre les doigts. Ce jour-là, le major Prokopis a fait preuve d'une clémence qui nous a bien servis. Sans doute le poète lui en a-t-il été reconnaissant, qui ne s'est jamais plaint devant nous de ses conditions de détention. Élégance encore.

Trente minutes, et tout bascule.

Au cours de l'entretien, Maurice Montsigny s'est d'abord enquis de l'état de santé de Yannis Ritsos. Depuis quand souffrait-il d'hématurie ? Éprouvait-il des brûlures lors de la miction ? Quels examens lui avait-on faits au centre anticancéreux de Saint-Savvas ? Quels traitements lui avait-on prescrits ? Comment se sentait-il aujourd'hui ?

Le poète avait répondu à chacune de ces questions avec amabilité et concision, une forme de compréhension dans le regard, comme le font les êtres qui veulent rassurer leur entourage. Il avait ajouté qu'il n'éprouvait pas d'angoisse particulière, que son épouse était médecin à Samos et qu'elle veillait sur lui. C'est d'ailleurs elle qui lui envoyait chaque mois un colis contenant les médicaments dont il avait besoin. De l'encre de Chine aussi, avec laquelle il peignait des galets et des pierres ramassées sur l'île. Non, vraiment, il n'était pas à plaindre et avait conscience d'être, à bien des égards, un détenu dont l'administration pénitentiaire se souciait. J'ai vu l'étonnement dans le regard de Pierre Hernandez et de Maurice Montsigny lorsque Yannis Ritsos a conclu, le regard posé sur les enduits dégradés du mur qui lui faisait face :

– Voyez-vous, messieurs, je regrette simplement de ne pouvoir descendre au port pour converser avec les pêcheurs, les paysans et les bergers. En cette saison, le vin fermente déjà dans les fûts.

Cette phrase a agi sur moi comme un détonateur.

– Nous avons, nous aussi, quelque chose à vous dire, monsieur Ritsos.

J'ai senti mon visage s'empourprer.

J'ai vu mes compagnons mordre leurs lèvres pour s'empêcher d'intervenir.

J'ai perçu soudain l'acuité du poète.

– Dis-moi d'abord quel est ton prénom, jeune homme.

– Antoine.

– Tu as bien de la chance de porter ce prénom. En Italie, on te dirait qu'il vient du latin *antonius* qui signifie « inestimable ». Mais ici, en Grèce, c'est le terme *anthos*, « la fleur », qui me vient à l'esprit. Ainsi, tu es celui qui a trouvé la fleur, Antoine.

Son regard semblait lire au fond de moi. Il a repris :

« Ou bien celui qui la cherche…

Mon trouble ne lui a pas échappé.

Il a marqué un temps de silence puis il a repris avec douceur, sans me quitter des yeux :

« Alors que voulais-tu me dire, mon garçon ?

J'ai tout raconté. La visite au pénitencier d'Oropos. L'entretien sans témoin avec trois détenus. La rencontre d'Andreas Lambrakis. Le chantier de Corinthe. Les réparations à effectuer à Vrachati, dans la maison de Mikis Theodorakis. L'envie qu'avait Andreas d'aller voir sa mère à Panteli. Le message que le compositeur souhaitait lui adresser…

D'un geste de la main, Yannis Ritsos m'a interrompu. Il a parcouru la pièce du regard, scrutant le plafond et les angles comme pour s'assurer qu'il n'y avait ni micros ni caméras.

« Mikis, mon ami… », a-t-il murmuré comme pour lui-même.

Un long silence a parcouru la pièce. Je ne l'ai rompu que pour répéter à voix basse les mots qu'Andreas avait prononcés dans la prison d'Oropos, quelques semaines auparavant. En cet instant, l'expression du poète était celle d'un homme à l'affût de ses propres pensées, un homme qui ne laisse rien paraître des bouleversements intérieurs qu'il éprouve.

« Si tu vois Ritsos, dis-lui ceci : comme autrefois nous avions fait *Epitaphios*, je voudrais quelque chose pour l'époque actuelle. Quelque chose sur le présent. Quelque chose de simple, de profond, et de totalement contemporain. »

Un long silence s'en est suivi.
J'ai su gré à Pierre et Maurice de ne pas l'avoir rompu.

Jambes croisées, main portée à hauteur du visage comme s'il fumait une cigarette, ses yeux dans les miens, Yannis Ritsos a pris une longue inspiration avant de reprendre dans un français impeccable :

– Et si tu me parlais de cette fleur que tu cherches, Antoine ?

Les mots de la poésie sont venus très vite, comme ces coups de vent sur la mer Égée qui soulèvent les flots et font danser les coques des caïques. Des mots de grand vent, emportés, entêtés, frénétiques. Des mots qui tourbillonnent dans la tête en grand remue-ménage, avant de faire frissonner, presque assagis, la surface du papier.

Theodarakis l'invite à écrire pour lui « quelque chose de simple » ? Eh bien, il ne sera pas déçu ! Il réclame à demi-mot un chant de résistance ? Soit, il sera servi !

Mais cette fois pas question de vivre le traumatisme de 1936 quand *Epitaphios* avait été saisi par les sbires de Metaxas et brûlé.

En cette nuit de septembre, l'impulsion que Yannis Ritsos éprouve est immense. Le garçon qu'il a rencontré la veille, cet Antoine qui n'a manqué ni de courage ni d'à-propos est le messager des dieux. Après quarante jours d'hôpital, dans les douleurs du corps et les meurtrissures de l'âme, une nouvelle heureuse vient enfin de tomber : Theodorakis lui demande un texte ! C'est une pépite dans la fange. Une trouée de lumière dans les ténèbres du camp.

Ce texte, il l'écrira, c'est sûr.

Il l'écrit déjà.

Dans sa tête qui cavale tandis que les autres dorment.

Dans son corps où le sang pulse, et qui se sent soudain ragaillardi.

Dans ses doigts qui griffent la toile rêche de la tente à mesure que des mots s'assemblent.

Le temps qu'il faut, le poète laissera de côté la série de textes qu'il compose depuis Yaros et qu'il intitule provisoirement *Pierres Répétitions Barreaux*. Ces poèmes qu'il écrit chaque jour, ou presque, pour tenir tête aux pierres et aux grilles. Pour faire la nique à l'Histoire qui se répète. Pour rester en vie.

La demande de Theodorakis, il le sent bien, c'est autre chose. La mythologie qui le relie aux temps immémoriaux n'y a pas sa place. Ni Ulysse ni Asclépios, ni Jason ni Iolaos n'entreront dans ce qu'il va écrire maintenant, porté par un souffle nouveau. D'où vient cette sensation qu'il ne connaissait plus depuis longtemps? « Quelque chose de simple »... Mais oui, c'est cela, ce ne peut être que cela... De pauvres mots conçus dans l'amertume et les larmes. Non pas les mots de tous les jours, mais les mots de tous les Grecs qui résistent en silence. Les mots d'hier et d'aujourd'hui. Les mots des chansons populaires et des airs de taverne. Ceux que nous entendions dans l'enfance, lors de la fête des moissons et les veillées d'hiver. Ceux que les bergers accompagnent de leurs flûtes et que les pêcheurs remontent dans leurs filets. Ceux que les palikares entonnaient dans les montagnes. Les mots des hautes aires. Des mots de vieux fusils et de pensées farouches. Des mots simples comme bonjour et d'autres qui serrent les poings parce qu'ils refusent d'abdiquer.

Déjà l'un d'eux s'envole, se glisse en clandestin hors de la tente, hors du camp, loin de l'île, un mot qui prend les armes et fend les airs : liberté !

Dieu qu'il faut être prudent avec ce mot-là. Trouver le moyen de l'écrire sans être vu. Savoir où cacher les feuilles du carnet, le moment venu. Inventer un stratagème pour le faire sortir de Leros-Partheni et permettre à Theodorakis de s'en emparer.

Patience ! Nous n'en sommes pas encore là, les choses viendront en leur temps. Pour l'heure, dans la nuit de septembre, seule compte vraiment l'idée qui germe dans l'esprit du poète, cette forme qui impose sa mystérieuse évidence, cette intuition qui s'éprouve et ne s'explique pas : composer le texte sous la forme de distiques, ces deux vers rimés dont les chansons populaires de Crète et de Chypre ont le secret. Ah, la cadence des vers démotiques ! Ces pas de danse que rythment quinze pauvres syllabes assemblées ! Rien ne sera plus pur que ces vers héroïques des chansons populaires.

Un oiseau de nuit déchire le silence, tirant le poète de sa rêverie créatrice.

Chaque fois qu'un pays est en danger, les poètes trouvent le moyen de recourir aux formes connues par tout le monde, se dit Yannis Ritsos, sentant une joie nouvelle envahir son esprit.

Quelques instants plus tard, dans la douceur d'une fin d'été, c'est en songeant au poète français Louis Aragon qu'il glisse dans le sommeil.

– Et si tu me parlais de cette fleur que tu cherches, Antoine?

Dans le contexte où nous nous trouvions, il fallait un regard aussi confiant dans la nature humaine que pouvait l'être celui de Yannis Ritsos pour m'encourager à prendre la parole.

J'ai parlé de Fotini.

Parlé, parlé, comme si la porte qui venait de m'être ouverte laissait s'engouffrer le vent des désirs et des interrogations, de mes rêves et de mes angoisses. J'ai raconté le voyage en Crète au cours de l'été 1966, après le baccalauréat, la façon dont ma route avait croisé celle d'une jeune femme dont j'étais éperdument tombé amoureux, les lieux qu'elle m'avait fait visiter, la chambre du quartier Analepsi à Héraklion, nos soirées dans les tavernes à écouter de la musique, les conversations enflammées que nous avions sur le théâtre et la poésie, ces vers de la *Vieille mazurka au rythme de la pluie* ou de *Grécité* qu'elle citait de mémoire, le travail universitaire qu'elle voulait entreprendre sur l'œuvre du poète.

Un instant, j'ai vu les sourcils de Yannis Ritsos se froncer, puis son regard redoubler d'attention.

J'ai parlé de la correspondance que nous avions échangée à mon retour en France, de ces lettres qui arrivaient au domicile de mes parents à Lyon, de mon père qui parlait de Fotini en disant « Ta lointaine amoureuse » ou « Ta fiancée crétoise », affirmant qu'un jour les jeunes gens de toute l'Europe pourraient poursuivre leurs études dans un autre pays que le leur, et que la vie s'en trouverait enrichie.

J'ai raconté mon départ pour Paris, en prenant grand soin de taire le travail que j'accomplissais alors pour un éditeur français, mais en expliquant qu'à compter du 21 avril 1967 les lettres de Fotini étaient devenues sporadiques, puis totalement inexistantes.

– Et aujourd'hui, Antoine ?

Aujourd'hui, je ne savais pas où elle se trouvait.

Je l'avais perdue depuis quinze mois.

J'avais peur pour elle.

Très peur.

Yannis Ritsos m'a regardé avec la bienveillance d'un père qui prend un fils désemparé dans ses bras. Il a fermé les yeux et il a dit :

« Qu'importe qu'il ne soit pas rentré ? L'ombre et la lumière
se séparent sans un mot

devant la porte de la cour – une porte déteinte – elle devait
être verte autrefois
C'est le soleil qui l'a déteinte. Tu as dit : adieu embrasse
pour moi tous les copains... »

J'étais bouleversé d'entendre ces vers pour la seconde fois.

– Ces vers de la *Vieille mazurka au rythme de la pluie*, ce sont justement ceux...

Je n'ai pas pu finir ma phrase.

– Ceux que Fotini te récitait en Crète au cours de l'été 1966.

Abasourdi, j'ai opiné du chef sans comprendre ce qui se jouait.

– Nous parlons l'un et l'autre de Fotini Savidaki, n'est-ce pas, mon garçon ?

– Oui, mais...

Pas une fois, je n'avais prononcé son nom.

La pièce s'est mise à tourner, tourner, dans un vertige.

Yannis Ritsos a fait glisser sa chaise jusqu'à moi. Il a pris mes mains et son regard a plongé dans le mien.

– La vie en vaut la peine, Antoine. Mais il te faudra du courage pour entendre ce que j'ai à te dire...

Les images se succèdent au rythme des vagues qui viennent mourir sur la grève.

Yannis Ritsos a fait ce qu'il faisait presque chaque jour, il y a vingt ans, lorsqu'il était incarcéré à Makronissos lors de la guerre civile : se lever bien avant l'aube tandis que les autres dorment, se faufiler entre les tentes, se glisser jusqu'au rivage sans être vu, et là, entre deux rochers, à la lueur de la lune, extraire le crayon de la doublure de sa veste, déplier le papier ou l'emballage du paquet de cigarettes vide ramassé dans le camp, prendre appui sur une cuisse, les doigts serrés sur le crayon, déposer les mots du poème qu'il avait composé pendant la nuit. Quatre ou cinq vers, rarement plus, mais chacun d'eux chevillé au corps, fiché dans l'âme comme un couteau de berger dans un rondin de bois, une vie dans la vie qui ne demandait qu'à battre, la nuit venue. Quand les étoiles pâlissaient dans le ciel, qu'une lueur rosissait à l'horizon, le poète grattait le sable à ses pieds, jusqu'à atteindre le goulot d'une bouteille enfouie dans le sol. Le bouchon retiré, il y glissait le poème qu'il venait d'écrire, avant d'enfouir à nouveau la bouteille emplie de ses secrets dans le ventre du rivage. S'il lui arrivait de tituber entre les pierres, en remontant au campement, c'est qu'il était heureux d'avoir pu écrire sans être pris, ivre des instants dérobés à la trique et au fouet. Voilà ce qu'est le raki de la liberté ! se disait-il, songeant au poème qu'il avait dissimulé dans la terre. Sainte quotidienneté que celle de l'écriture quand elle sauve un homme de l'effondrement.

La mer est calme, en cette nuit du 15 au 16 septembre 1968.

De l'endroit où il se trouve, Yannis Ritsos voit les îlots de Stroggyli et Trypiti émerger lentement de l'obscurité. Depuis combien de temps est-il ici, à l'abri des regards, dans la crique qui borde le camp de Leros-Partheni ? Personne ne l'a entendu sortir de sa tente. Personne ne l'a vu rejoindre le rivage. Il est seul, embusqué dans la pénombre, le mince croissant de la lune dévoilant à peine l'ombre des rochers et les grilles surmontées de barbelés qui délimitent la partie du nord du camp.

L'envie d'écrire force la mer à faire roulis de sa fatigue.

Les images, les mots, les phrases se succèdent dans un mouvement qui rappelle celui des vagues. Nulle envie de défier l'horizon, ou de se jeter à l'eau comme l'ont fait ces détenus désespérés qui avaient réussi à franchir la ligne de fer des barbelés, avant de tenter vainement d'atteindre une autre île à la nage. Au matin, on avait retrouvé leurs corps ballottés par les flots, à deux cents mètres de l'endroit d'où ils s'étaient enfuis. L'évasion par la mer, l'évasion physique, Yannis Ritsos n'y a jamais cru. Son évasion à lui, la seule qui vaille dans cette forêt de gardes aux cœurs pétrifiés, c'est au carnet et au crayon qu'il les doit. Un mot arraché à l'interdiction d'écrire met plus de distance entre lui et le camp que trois milles nautiques conquis brasse après brasse au risque de la noyade.

Il le sait.

Il l'a toujours su.

En cet instant, la force de la mer s'est substituée à son sommeil. Elle l'emporte, le livre et le délivre à la rage d'écrire qui se déchaîne en lui. Sa voix est de sel, ses doigts sont d'embruns, les lignes qu'il écrit se brisent sur le sable du carnet qu'il tient entre ses mains, serré comme un talisman, vivant comme un oiseau dont le chant embellit la nuit.

Les quinze syllabes des vers démotiques ourlent d'encre noire la blancheur des pages, tandis que la frange d'écume souligne l'obscurité de l'anse où le poète a trouvé refuge.

Il n'écrit pas, il danse.

Ses mots tanguent sur la page.

Les uns clapotent avant de disparaître ; d'autres laissent de longs sillages derrière eux. Les images se succèdent en autant de voiles emportées par le courant.

Un instant, le poète bavarde avec une fleur – ce cyclamen éclos dans la fissure du rocher. L'instant d'après, il cueille le soleil comme on ramasse un mouchoir carmin. Et cette cloche dans le lointain qui sonne l'heure de la résurrection ? Ce poirier sauvage auquel pend le vieux mousquet ? Ce gars qui tresse des paniers dans la lumière ambrée d'une fin d'après-midi ? Ces filles frêles sur la grève qui recueillent le sel, si attentives, si courbées qu'elles en oublient de voir la voile blanche qui leur fait signe ? Cette chapelle sur l'éperon rocheux, face au soleil, dont la fenêtre ouvre le feu ? Cette croix faite de suie sur le linteau de la maison ?

Le poète s'interrompt et pousse un long soupir.

Où sont-ils ceux qui occupaient la maison en contrebas du village ? Qu'est-elle devenue la jeune fille qui rêvait d'amour et de liberté ?

Devant lui, l'ombre des rochers se détache comme des femmes vêtues de noir. Combien sont-elles ces vieilles femmes qui n'ignorent rien des drames de la mer ? Six, sept, davantage peut-être. C'est qu'elles en ont connu des marins perdus, des naufrages, des tempêtes, des maisons aux volets clos qui finissent par tomber comme des paupières sur les enduits en larmes. Un jour, il écrira sur elles, c'est sûr. Pour l'heure, elles s'amenuisent dans la lueur naissante du jour et laissent place aux deux vers que le poète dépose sur la page de son carnet :

Un petit peuple qui lutte sans les sabres ni les balles
pour le pain du monde entier, pour la lumière et la chanson.

Qu'on le lui enlève des mains, ce carnet ! Qu'on le brûle comme furent brûlés les exemplaires d'*Epitaphios* ! Qu'on lui arrache les ongles, qu'on lui coupe les doigts ! Rien ni personne ne pourra empêcher le poème d'être poème, les images de faire image, les métaphores de susciter des pensées qui n'ont jamais été formulées. Car Yannis Ritsos le sait, les mots creusent la nuit du camp comme le temps ronge la pierre.

Bientôt les fers tomberont. On aura beau rouer de coups les prisonniers, leur arracher la langue, couper leurs mains et leur élan, on aura beau fouiller les tentes, déplacer les murs, éventrer les paillasses, on aura beau maculer la terre de leur sang, rayer la pierre de leurs dents, tatouer d'autres mots sur leur peau – il restera toujours une faille pour la plante résolue, une lézarde pour le poème, assez de silence pour qu'un mot venu du cœur trouve un écho en d'autres cœurs.

Pour l'heure, le peuple plie sous la botte des colonels, des paysans vigoureux sont brisés comme du bois sec, des jeunes filles sont jetées aux fers comme des chiffons de nuit, mais un jour viendra où la main gantée des officiers commencera à pourrir. Des feuilles pousseront sur le manche des matraques. Le serpent des mots s'enroulera aux fusils jusqu'à briser les crosses et tordre les canons. Les noms des assassins sécheront au soleil comme des excréments et, sur le chemin de la déportation, des touffes d'herbe folle viendront disjoindre les pavés de la haine.

Dans le ciel bleu de la mer Égée, la voix des poètes entamera une danse pareille au vol des hirondelles.

Yannis Ritsos s'est laissé surprendre. Tandis qu'il relève la tête, les pages de son carnet noircies de signes, le soleil est sur le point de faire éclater la ligne d'horizon. Il est temps de rentrer. S'il manquait à l'appel du matin, les gardes auraient tôt fait de le retrouver. Dieu sait ce qu'il aurait alors à endurer… Avant de faire disparaître le carnet et le crayon dans la doublure de sa veste, le poète jette un dernier coup d'œil au poème qu'il vient d'écrire. Il a alors le sentiment d'avoir atteint le point de rosée de la liberté.

Ne pleure pas sur la Grèce, – quand elle est près de fléchir
avec le couteau sur l'os, avec la laisse sur la nuque,

La voici qui déferle à nouveau, s'affermit et se déchaîne
pour terrasser la bête avec la lance du soleil.

– Fotini Savidaki, ce nom si beau qui porte la lumière…

Il avait prononcé ces mots comme pour lui-même, sans lâcher mes mains qu'il tenait serrées dans les siennes. Percevant mon impatience inquiète, il avait repris :

« Je connais ton amie, Antoine. Pas aussi bien que toi, bien sûr, mais je sais qui elle est. Quelques mois avant le coup d'État, ce devait être en février ou mars 1967, j'ai reçu une lettre en provenance d'Héraklion… Une étudiante en littérature projetait de consacrer un mémoire universitaire à ma poésie. Elle avait lu bon nombre de mes livres : *Symphonie du printemps*, *La Marche de l'océan*, *Vieille mazurka au rythme de la pluie*, que nous citions tout à l'heure, *Grécité*, *La Sonate au clair de lune* dont elle disait de fort belles choses. Sa passion pour la poésie transpirait dans chacune de ses lignes. Le soin qu'elle avait mis à m'écrire m'a touché. À la fin de sa lettre, elle sollicitait un rendez-vous pour, disait-elle, définir avec moi le meilleur angle d'approche de son travail. Je lui ai répondu que nous pourrions nous voir au printemps, à Athènes. Un rendez-vous a même été fixé dans les derniers jours d'avril…

Il s'était interrompu, visage préoccupé, avant de reprendre :

« La vie en a décidé autrement. Le coup d'État du 21 avril, l'arrestation qui s'en est suivie… Comme celles de tous les Grecs, nos existences respectives ont été chamboulées. Tu le sais bien, n'est-ce pas, Antoine, toi qui as cessé de recevoir les lettres de Fotini ? Pour ma part, plus rien n'était possible… J'ai été conduit à Yaros où je suis resté près de cinq mois, puis ici.

Il a vu dans mon regard que je n'ignorais rien de tout cela.

– En octobre 1967, il y a donc près d'un an, j'ai reçu une autre lettre de Fotini, une courte missive que ma femme avait glissée dans le colis qu'elle me faisait parvenir. La lettre était postée d'Héraklion, comme la première, mais aucune adresse d'expédition ne figurait sur l'enveloppe. Son contenu, je m'en souviens parfaitement : Fotini disait regretter de ne pas avoir pu me rencontrer en avril et s'inquiétait de ma situation. Elle-même se trouvait dans une position précaire, quasi obligée de suspendre ses études et de se cacher pour échapper aux arrestations qui se multipliaient dans les milieux étudiants. Elle ajoutait que son projet de mémoire était simplement ajourné, le temps que le pays relève la tête. Sa lettre se terminait par quelques vers tirés de *Grécité* :

Un messager arrive chaque matin de la Grande Vallée
L'écume du soleil brille sur son visage
Il serre la grécité sous son bras
Comme l'ouvrier, entre ses mains,
Sa casquette dans une église.
L'heure est venue, dit-il. Tenons-nous prêts.
Chaque heure est nôtre désormais.

À cet instant, Yannis Ritsos avait observé un long silence. Une vive émotion marquait son visage, tandis qu'il regardait les larmes couler sur mes joues et que mes mains tremblaient entre les siennes.

Il avait ajouté qu'il s'étonnait encore que les autorités de Leros aient pu laisser passer un tel courrier. *Grécité* faisait partie des œuvres interdites et les vers du « chant III » que Fotini avait cités pouvaient être lus comme un appel à la sédition. En découvrant sa lettre, il avait compris qu'elle était entrée en résistance et s'était inquiété pour elle, beaucoup plus que pour lui-même, parce qu'une jeune fille enthousiaste, éprise de poésie et de liberté, nourrie de valeurs démocratiques, faisait une cible facile. D'ailleurs, la répression contre les étudiants et certains de leurs professeurs était à son comble. À Yaros, on voyait arriver des jeunes gens qui n'avaient pas vingt ans. Depuis qu'il était ici, dans le camp de

Leros-Partheni, des dizaines et des dizaines d'étudiants avaient rejoint les « exilés administratifs » dont il faisait partie. Mais l'internement pour eux était autrement plus difficile. L'impétuosité de la jeunesse, l'inexpérience de la réclusion, le sentiment accru de l'injustice, la terreur qu'il faut endurer au quotidien lorsqu'on se retrouve dans ces prisons à ciel ouvert… Beaucoup ne le supportent pas.

Ces jeunes gens avaient mon âge.

La jeune femme que j'aimais était peut-être parmi eux.

Devant l'effroi que m'inspirait l'évocation de leur situation, c'est Pierre Hernandez qui a pris la parole.

– Monsieur Ritsos, nous savons que Fotini Savidaki se trouvait dans la prison d'Alikarnassos, à Héraklion, en mars dernier. Elle y est entrée au début du mois et en est repartie le 20. D'après nos informations, bon nombre de Crétois ont été transférés dans le Dodécanèse.

Le regard du poète ne s'est pas dérobé. Il a passé une main sur ma joue comme le faisait mon père lorsque j'étais enfant, et il a dit :

– Elle est ici, à Leros.

J'étais abasourdi, incapable de réagir.

Sans attendre, Yannis Ritsos a repris ses explications :

« En juin, alors que je me trouvais à l'infirmerie du camp pour les problèmes que vous savez, un médecin originaire de Leros m'a dit qu'une étudiante appréhendée depuis peu demandait avec insistance à me voir. Elle parlait d'un rendez-vous qui n'avait pu avoir lieu en avril 1967, à Athènes ; d'un travail universitaire qui requérait un entretien ; d'une visite qui était pour elle de première importance. Lorsque j'ai prononcé son nom, le médecin n'a pas eu la moindre hésitation : oui, c'était bien ce nom-là, Fotini Savidaki.

Pierre Hernandez a attendu que mon trouble s'apaise, avant de poser la seule question qui vaille, celle qui brûlait mes lèvres inarticulées.

– Mais… dans le camp de Leros-Lakki, et ici même à Partheni, il n'y a que des hommes. Où donc se trouve l'amie d'Antoine, monsieur Ritsos ?

Je n'oublierai jamais la prévenance avec laquelle la terrible vérité devait être exprimée :

– Mes amis, mon cher Antoine… Fotini est internée au Pikpa, l'hôpital psychiatrique de Leros.

La nuit qui a suivi ma rencontre avec Yannis Ritsos fut la plus tumultueuse de mon existence. Mille questions sans réponses me traversaient la tête, mille pensées plus folles les unes que les autres assaillaient mon esprit. Comment Fotini avait-elle pu se retrouver enfermée dans cet hôpital psychiatrique à la sinistre réputation ? Avait-elle perdu la raison ? Que lui avait-on fait subir durant son court séjour à la prison d'Alikarnassos ? L'avait-on transférée directement de Crète dans cet autre lieu de détention éloigné du reste du monde ? Et pourquoi ? Bon Dieu, pourquoi ? Pourquoi ?

J'ai arpenté la pièce en tous sens pendant une partie de la nuit, formulant des hypothèses, échafaudant des plans, fébrile et désemparé.

La femme que j'aime se trouvait là, à deux pas de moi, et je ne ferais rien pour la voir ? Je ne tenterais pas l'impossible pour me rapprocher d'elle ? Il aurait été si simple que la délégation du CICR de passage à Leros entreprenne une inspection de l'hôpital Pikpa et demande un entretien sans témoin avec la patiente Fotini Savidaki, comme elle l'avait fait avec Andreas Lambrakis à la prison d'Oropos ou avec Yannis Ritsos dans le camp de Partheni. Mais non, la chose était impossible. Impossible parce que nous n'avions aucun mandat pour le faire. Impossible parce que l'hôpital psychiatrique de Leros ne figurait pas sur la liste des établissements que nous étions autorisés à visiter. Sur ce point, l'avis de Pierre Hernandez avait été radical : les autorités compétentes ne nous octroieraient jamais le laissez-passer nécessaire à cette visite. Il n'y a rien à espérer de ce côté-là. Alors ? Rage, rage folle de se sentir à la fois si proche et si impuissant.

Dans le vacarme de mes pensées, il m'est arrivé d'imaginer que Fotini avait peut-être feint la folie pour échapper à la prison et se retrouver à deux pas de l'endroit où était détenu Yannis Ritsos. Mais comment en être sûr? Au terme d'une longue nuit d'angoisse, je n'avais acquis qu'une conviction : depuis le coup d'État du 21 avril 1967, le Pikpa devait aussi servir de lieu de réclusion des dissidents politiques. Les hôpitaux psychiatriques étaient assurément les prisons les plus secrètes de Grèce.

Je suis parti avec les premières lueurs de l'aube.

À la périphérie du camp de Leros-Lakki où nous logions, les gardes se sont contentés de ma carte de délégué du CICR et du laissez-passer qui nous avait été octroyé. Huit cents mètres séparaient les derniers miradors de l'enceinte de l'hôpital psychiatrique. Huit cents mètres le long de la mer, flanqués de murs et de barbelés, auxquels les détenus avaient accès deux heures par jour sous surveillance. Huit cents mètres pour apercevoir le haut bâtiment du Pikpa où Fotini se trouvait enfermée.

Je les ai parcourus sans difficulté.

Au bout du chemin, au pied des pentes abruptes de l'île, une grille, puis la silhouette massive d'une vieille caserne réhabilitée en centre d'internement. C'est donc là que l'on enfermait les malades mentaux et les réfractaires, celles et ceux que le régime des colonels voulait soustraire à la vue du monde, les laissés-pour-compte que l'on ne revoyait pas.

J'ai frémi en songeant qu'une simple allée séparait le camp de Leros-Lakki de l'hôpital psychiatrique. Huit cents mètres pour passer d'un enfer à l'autre et s'enfoncer un peu plus dans les ténèbres de la réclusion.

Je me suis glissé dans un trou, entre le mur et le grillage.

La grande esplanade s'étendait à mes pieds.

Je l'ai traversée en prenant bien soin de regarder devant moi, comme quelqu'un qui vient travailler ici chaque jour, la chemise de la Croix-Rouge internationale tendue sur ma poitrine qui battait à tout rompre.

J'ai contourné le bâtiment sur la gauche, en direction des fenêtres grillagées derrière lesquelles je voyais passer des ombres.

Il était déjà trop tard pour faire demi-tour.

Qu'un officier ou un garde en blouse blanche m'interpelle, et je pourrais toujours dire que le chef de la délégation du CICR, en charge du rapport à remettre aux autorités du camp, m'envoyait vérifier l'accessibilité de la promenade octroyée aux détenus. Et après tout, si mon escapade virait à la catastrophe, je me retrouverais peut-être enfermé dans le même bâtiment que Fotini. À deux, la détention serait plus douce…

Il ne m'aura fallu qu'un instant pour comprendre combien je me trompais.

Derrière la première fenêtre du bâtiment, des femmes à demi nues tournaient en rond dans une pièce étrangement vide, maculée de salissures. Aucun personnel soignant avec elle, aucun psychiatre. Le visage décharné, les corps noués d'angoisse, elles erraient dans cette salle comme étrangères les unes aux autres. Plusieurs d'entre elles, accroupies comme des bêtes, cachaient leur visage dans leurs mains ou se bouchaient les oreilles, le regard effaré. Dans un angle de la pièce, une femme amputée des deux jambes exhibait ses moignons, le tronc incliné contre le mur, l'air hagarde. À deux mètres d'elle, une créature échevelée lançait des imprécations, bras tendus vers le plafond, visage halluciné, indifférente aux êtres qui se trouvaient autour d'elle. Une autre gisait sur le sol entièrement nue.

Aucune de ces femmes n'avait aperçu le visage du jeune homme qui les regardait derrière la fenêtre grillagée, tandis que la lumière rasante du jour paraissait laver les ombres de l'esplanade.

Effrayé par le spectacle auquel je venais d'assister, je me suis glissé à l'angle du bâtiment, vers d'autres fenêtres.

De longues tables en bois, des bancs, des seaux servant à transporter la nourriture... Je me trouvais devant le réfectoire de la section des femmes.

Plusieurs dizaines d'entre d'elles étaient assises devant des quarts en fer-blanc et des quignons de pain. Les mains agrippées aux grilles, le front tendu vers la vitre froide, j'ai scruté les visages un à un, cherchant à deviner les traits de celle que je n'avais pas revue depuis deux ans. La plupart des patientes avaient les cheveux courts, de même longueur, comme si toutes avaient été rasées en même temps. Les visages étaient sans âge, les regards absents, les bustes courbés vers la table. Chacune regardait devant elle, le pain à avaler, la boisson à peine tiède, enfermée dans une solitude que la promiscuité paraissait aggraver.

C'est alors que je l'ai aperçue.

Elle était là, légèrement à l'écart des autres, au bout de la deuxième rangée de tables, le regard tourné en direction des fenêtres. C'était bien elle, Fotini, la jeune fille que j'avais rencontrée et aimée en Crète. Fotini, à qui je pensais sans cesse depuis deux ans. Fotini, pour qui j'étais ici. Fotini et ses yeux en amande. Ses traits fins. Ce visage qui s'était jadis blotti contre ma poitrine. J'ai levé le bras dans sa direction, heurté la vitre, hissé mon regard à hauteur du sien, passant d'une fenêtre à l'autre pour tenter de capter son attention.

M'avait-elle seulement aperçu ?

J'étais alors bien incapable de le dire.

Au bout d'un moment, Fotini s'est levée. Elle a contourné la table, a traversé la pièce d'un pas lent, pieds nus contre le sol, avant de se diriger vers l'intérieur du bâtiment. Quand sa frêle silhouette s'est éloignée du réfectoire, jusqu'à disparaître de ma vue, j'ai eu le sentiment très net qu'elle marchait en claudiquant.

Ce matin d'octobre 1968, une jeune fille d'une douzaine d'années élégamment vêtue est venue chercher son père dans le port de Vathy. Tandis que sa mère demande au chauffeur de taxi de les attendre, elle s'approche de la jetée, balaie du regard les caïques colorés qui tanguent sous la brise, enjambe des cordages, salue un pêcheur qui reprise ses filets, puis s'approche de l'embarcadère où se mêlent ceux qui partent, valises en main, et ceux qui accueillent un passager.

Deux bateaux viennent d'entrer dans le port. Elle les voyait au large tout à l'heure, de la fenêtre du taxi qui a longé la mer jusqu'à Samos, et les voici qui accostent dans un grand remuement d'eau et la clameur des oiseaux de mer.

Cette scène, combien de fois l'a-t-elle imaginée ? Le visage de son père dans la foule des voyageurs, la joie qui se lit sur les lèvres, les corps qui se serrent les uns contre les autres, les mots que l'on retient dans un silence ému, avant qu'ils ne fusent tous en même temps : « Comme tu as grandi ! Mais que tu es belle ! Et vous, ça va ? Mais oui, mais oui, je vous assure. Embrasse-moi encore. Tu dois être fatigué… Vous êtes là, tout va bien puisque vous êtes là… Comment êtes-vous venues de Karlovassi ? En taxi, ah très bien ! Non, rassurez-vous, je vais bien, tellement mieux depuis que je suis avec vous, ici. Et toi, Falitsa, tu ne dis rien ? Voilà, voilà, tout est fini maintenant… Maintenant, nous sommes ensemble. Nous ne serons plus séparés, la vie va reprendre un cours normal. Presque normal… La résidence surveillée, ce n'est rien, tu verras… Ce n'est rien, je vous assure. »

Tous sursautent quand la corne retentit. Déjà les bateaux sont prêts à repartir. Les gens vont et viennent dans la cohue, bagages et automobiles se croisent, peu à peu l'embarcadère se désemplit.

– Mais qu'y a-t-il dans ces boîtes qui semblent si lourdes, papa ?

Yannis Ritsos passe une main dans les cheveux de sa fille et dépose un baiser sur son front.

– Ah, cela… dit-il en parcourant du regard les caisses encombrantes qui se trouvent à ses pieds.

Un instant plus tard, le taxi est plein, si plein qu'Eri a dû s'allonger à l'arrière sur les boîtes empilées les unes contre les autres, le visage tourné vers le toit du véhicule.

– Allez, papa ! Bon sang, dis-moi ce qu'il y a dans ces boîtes !

À l'avant du véhicule, serré entre le chauffeur et Falitsa, Yannis Ritsos entrevoit sa fille dans le rétroviseur et s'amuse de son impatience :

– Mais tu le sais bien, ma chérie,
La mer regarde son visage
Dans la mer.

Le lendemain, les boîtes en carton de Yannis Ritsos ont fait le tour de l'île. Tout Samos se demande ce que le poète a bien pu rapporter de son long internement dans le camp de Leros-Partheni.

À dix heures du matin, le chef de la police locale, accompagné d'un de ses hommes, fait irruption à son domicile de Karlovassi, un mandat de perquisition en main.

– Ce que contiennent les multiples boîtes en carton que j'ai rapportées de Leros ? Mais je vous en prie, commandant, suivez-moi. Elles sont entreposées dans mon bureau et n'ont pas encore été débarrassées de leur contenu.

Prudemment, avec la méticulosité d'une opération de déminage, les policiers ouvrent les boîtes déposées la veille au pied de la bibliothèque.

– Mais ?!

La surprise les saisit.

– Oui, commandant, ce ne sont que des pierres, des galets que j'ai peints au cours de mon séjour sur l'île de Leros. Rien que des pierres.

La nuit vient de tomber sur Samos.

Ce soir, on ne dînera pas dehors. La douceur des derniers jours d'octobre a laissé place au vent d'automne. L'humidité venue de la mer s'est invitée sur la terrasse.

Dans la cuisine, Falitsa vient de préparer le repas. Son mari mange peu, dort peu, sans doute fume-t-il aussi plus qu'il ne le devrait, mais il est à la maison avec elle, heureux de retrouver une vie presque normale après dix-huit mois de captivité. Son transfert en résidence surveillée à Karlovassi en raison de ses problèmes de santé est la meilleure chose qui soit. Ici, il reprendra des forces. De bons repas, du repos, les médicaments qu'elle n'aura plus à expédier en se demandant si les colis sont distribués, plus encore la présence d'Eri, si heureuse de retrouver son père… Ah, la vie tourne du bon côté, cette fois ! Et qu'importe si Yannis n'a pas le droit d'entretenir la moindre relation avec l'extérieur : il ne s'en reposera que davantage.

Dans le bureau où il a retrouvé ses livres et les icônes auxquelles il est si profondément attaché, devant les galets peints qu'il a rapportés du camp, Yannis Ritsos vient de reprendre le recueil qu'il avait ébauché à Leros, lorsque la requête de Mikis Theodarakis avait éveillé en lui un immense élan de créativité. En deux jours, ou plutôt deux nuits, seize petites chansons avaient coulé de sa plume. Bientôt, il en est sûr, deux autres poèmes viendront les rejoindre, dans cette maison de Karlovassi qui a toujours été pour lui un lieu d'écriture béni des dieux. Sur la couverture du carnet qui se trouve devant lui, le poète calligraphie d'une main sûre le titre qu'il entend donner à ses poèmes, avant d'y ajouter une date qui restera longtemps gravée dans sa mémoire :

Δεκαοχτώ λιανοτράγουδα της πικρής πατρίδας
(Dix-huit petites chansons de la patrie amère)
1968.

Dans la situation où il se trouve, comment parviendra-t-il à transmettre ce carnet à Theodorakis ? Ce soir, à l'heure de passer à table où l'attendent déjà Eri et Falitsa, il est bien incapable de le dire, mais des opportunités se présenteront, tôt ou tard. Aucune pierre ni aucun barrage ne peut durablement retenir l'eau d'un torrent.

C'est à Mikis, et à lui seul, que ces poèmes, ces *lianotragouda* composés en cachette sous la botte des colonels, sont destinés. Lui seul en fera un chant de résistance.

La maison de Karlovassi est maintenant plongée dans le silence.

Avant de rejoindre Falitsa dans la chambre où elle lit longuement le soir avant de s'endormir, Yannis Ritsos sait qu'il lui reste encore une chose importante à faire. Une chose qui ne demande pas de grandes paroles, et que connaissent les poètes ; une chose qui ressemble au froissement de l'herbe sèche sous les pas des chevaux.

À sa table de travail, le poète prend une feuille, avant d'allumer la dernière cigarette de la journée. La nuit est calme.

Karlovassi, 12 novembre 1968

Cher Antoine,

Je ne sais ni où ni quand vous recevrez cette lettre que j'adresse aux bons soins du Comité international de la Croix-Rouge, à Genève, avec l'espoir qu'elle vous soit transmise.

Peut-être ne savez-vous pas que j'ai quitté Leros, à la fin du mois d'octobre, pour Karlovassi, sur l'île de Samos, où se trouve la maison de famille de mon épouse. La résidence surveillée qu'on m'y impose n'enlève rien au bonheur que j'ai de retrouver les miens. Cette année, vous le voyez, la vie n'a pas attendu le printemps pour renaître.

Sans les recommandations que vous-même et vos si aimables collègues avez sans doute adressées au major Prokopis qui dirige le camp de Partheni, je ne serais pas là à vous écrire. Soyez-en très fraternellement remerciés.

Je ne sais, cher Antoine, si vous avez retrouvé votre fleur sur les sentiers caillouteux de l'île où nos pas se sont croisés. J'imagine qu'il faudra bien du temps encore pour qu'elle puisse fleurir à vos côtés, mais je reste confiant dans la vie, et sûr que cette confiance finit par transformer le monde autour d'elle.

Un jour, je le sais, vous viendrez me voir ensemble à Samos. Et ce jour sera doux comme un matin d'avril, paisible comme une nuit de septembre, incroyablement calme, comme le seront nos cœurs.

Samos vous attend.

Ce sera pour moi une immense joie.

Votre
Yannis Ritsos

P.-S.: Une chose encore: je viens d'écrire pour votre fleur, et pour vous-même, un court poème dont les mots guettent l'aurore. On ne peut pas jeter trop longtemps dans les ténèbres une jeune fille dont le prénom désigne la lumière. Ce poème, qui porte la marque de mon affection, je le glisse dans l'enveloppe comme un talisman.

La jeune fille

Pour résister elle n'avait rien d'autre – jeune fille
de dix-huit ans –
Que ses deux mains menues, très menues, sa robe noire,
Le souvenir d'un bout de pain minutieusement partagé
Et le chuchotement secret, la nuit, de ce que nous
nommions « patrie ».

Quand on la jeta dans les ténèbres, elle n'avait plus
de voix.
Les autres cellules ne l'entendirent pas. Seul l'oiseau
de Perséphone
Lui apporta dans un mouchoir quelques grains
de grenade ; et les écoliers
la dessinèrent sur leurs cahiers, à la lueur d'une lampe,
Petite Vierge assise sur la chaise d'un café populaire
Avec une foule d'oiseaux et de poissons sur les épaules
et les genoux.

Yannis Ritsos

Comme chaque jour, la camionnette blanche vient d'apparaître au bout de l'allée qui longe la mer. Elle a franchi les grilles qui bordent le camp et se dirige maintenant vers l'esplanade où des dizaines d'enfants sont déjà rassemblés. « *Roș baș ! Roș baș !* » lancent les plus hardis à l'attention du conducteur qui contourne le véhicule pour aider la femme qui l'accompagne à sortir. « *Kalimera, kalimera, pedia.* »

Avec des gestes lents, la fatigue inscrite sur les visages, les deux occupants entreprennent de décharger les caisses qui se trouvent à l'arrière de la camionnette. La main d'une jeune fille se pose sur l'avant-bras de la femme qui se tient en appui sur une canne.

– Laisse, madame, nous le faire.

– Merci, Zarîn, tu es gentille.

Un groupe d'hommes les a rejoints.

Quelques instants plus tard, les caisses ont été entreposées à l'ombre de la bâtisse qui dresse sa façade décharnée dans le ciel bleu d'une fin d'été.

Les familles arrivent maintenant de tous côtés.

Tandis que la distribution du repas s'organise, l'homme a sorti deux tabourets pliants de la camionnette. Il ouvre le premier et l'apporte à sa femme.

– Ta jambe te fait souffrir, assieds-toi, lui dit-il avec douceur.

Celle-ci lui adresse un sourire crispé par la douleur.

– Merci, amour. Heureusement, tu es là.

Elle marque un temps de silence, regarde la longue file d'attente qui s'étend devant eux et pousse un soupir de lassitude.

– Regarde, ils sont chaque jour plus nombreux et nous manquons de tout pour les aider, de nourriture, de vêtements, de médicaments, de bras aussi.

Pourtant, elle ne désespère pas. Qui sait, l'appel aux bénévoles lancé la veille sur les réseaux sociaux par l'association qu'ils ont montée portera sans doute ses fruits. Peut-être seront-ils plus nombreux demain à venir en aide aux réfugiés.

L'homme s'est assis.

Il regarde sa femme.

De la paume de sa main, il effleure le genou enflé, laisse ses doigts descendre le long du mollet, masse doucement le cal osseux qui la fait souffrir. De temps à autre, il lève les yeux et les pose sur un visage. Une mère aux joues creuses qui tient un bébé dans ses bras. Un homme au regard fier. Une jeune fille qui ne lâche pas la main de sa petite sœur…

Au fil des jours, les trois ou quatre pères de famille qui organisent la distribution du repas ont appris à se faire respecter. Ce matin, ils n'ont pas besoin de répéter : « Les femmes et les enfants d'abord. Inutile de vous bousculer, chacun aura sa part. » Même les nouveaux venus ont compris. Le riz, le pain, le morceau de fromage, un fruit pour chacun, le carré de chocolat pour les plus jeunes – tout se passe dans le calme, comme s'il s'agissait d'une situation ordinaire.

En arrivant à la hauteur de l'homme et de la femme assis sur les tabourets pliants, la plupart des réfugiés ont un geste de gratitude, quelques paroles d'amitié, un sourire qui en dit plus long qu'une longue conversation. Maintenant plusieurs d'entre eux les saluent et les remercient en grec, se risquant chaque jour à prononcer des mots qu'ils ont appris la veille.

Dans la file d'attente, deux jeunes Yézidis ont une discussion animée. L'un d'eux tient un smartphone dans les mains et semble traduire à l'autre ce qu'il est en train de lire. À plusieurs reprises, leurs regards vont de l'écran de l'appareil au bâtiment désaffecté qui se trouve devant eux. Ils jaugent. Ils commentent. Détaillent des éléments d'architecture.

Leur conversation n'a pas échappé à l'homme qui est assis à l'ombre des vieux murs, à côté de sa femme. Quand les deux Yézidis parviennent à sa hauteur, l'homme se lève et les salue, posant une main sur l'épaule de celui qui possède le smartphone.

– Dis-moi ce que tu veux savoir.

Le jeune homme ne connaît pas un mot de grec, mais il a compris le sens de la question. Le voici déjà qui pointe du doigt la bâtisse abandonnée, l'air interrogateur. Puis d'un geste de la main, il trace un cercle imaginaire au-dessus de leurs têtes.

– *Island of the damned?*

L'homme hésite avant de répondre, comme s'il n'était pas sûr d'avoir saisi la question. D'une main paisible, il attire à lui la main qui tient le smartphone. Deux doigts agiles grossissent l'image d'un logo qui apparaît en haut à gauche de l'écran :

BBC NEWS.

L'homme se penche sur l'article de presse que les jeunes Yézidis ont téléchargé. Un titre en caractères gras attire aussitôt son attention :

« Les damnés de la psychiatrie grecque. »

Il parcourt du regard les lignes qui suivent, fait défiler le reportage dont il a saisi la portée, s'arrête sur la photographie que les jeunes gens comparaient avec la façade du bâtiment qui se dresse devant eux, sinistre et délabrée.

– *Greek psychiatric hospital !*

L'homme ne dit pas un mot. Il lit lentement les phrases qui accompagnent la photographie :

« En 1989, le monde a été choqué par des images de patients enchaînés et nus dans un hôpital psychiatrique grec de l'île de Leros. Surnommée "l'île des damnés", elle abritait alors la pire institution psychiatrique de toute l'Europe. Aujourd'hui, ce sont des familles réfugiées d'Irak et de Syrie qui… »

Un instant, l'homme ferme les yeux comme si le monde tournait trop vite autour de lui. Un frisson le glace. Ses membres se mettent à trembler. Son corps chancelle. Il n'ignore rien de tout cela, et pourtant… Le camp sous la junte, l'hôpital psychiatrique, le hotspot pour réfugiés…

Quand il rouvre les yeux, le visage de sa femme est à deux pas du sien.

– Mais qu'y a-t-il, amour ?

L'homme se reprend. Il saisit les deux mains de sa femme, les serre fort dans les siennes et les embrasse.

– Oh rien, rien du tout, mon cœur ! Simplement, il est temps pour nous d'aller nous reposer dans le petit jardin.

Paris, 2017 – Crète, 2020.

Notes de l'auteur

Le travail d'imagination auquel je me suis livré dans ces pages prend appui sur des ressources bibliographiques que je tiens à préciser ici.

/ *Le Livre noir de la dictature en Grèce* est paru aux Éditions du Seuil, dans la collection « Combats » dirigée par Claude Durand, à la fin de l'année 1969. Ce dossier lié aux publications d'*Athènes-Presse libre* a été réuni par Aris Fakinos, Clément Lépidis et Richard Soméritis.

/ Extraits de poèmes :

« À l'état civil… » (p. 53-54),
Yannis Ritsos, « Pièces d'identité », *Monemvassia*, Maspero, 1978.

« Qu'importe qu'il ne soit pas rentré ?… » (p. 73 et 187-188)
Vieille mazurka au rythme de la pluie (1942), *Yannis Ritsos* par Chrysa Prokopaki, Seghers, coll. « Poètes d'aujourd'hui », 1968.

« L'amour dans son poing… » (p. 82),
Yannis Ritsos, *Symphonie du printemps* (1938), traduction Anne Personnaz, Éditions Bruno Doucey, coll. « En résistance », 2012.

« Chacun a désormais une place sous la tente… » (p. 89)
Kostas Kouloufakos, « Déportés », in *L'Amertume et la pierre, Poètes au camp de Makronissos, 1947-1951*, traduction Pascal Neveu, Ypsilon Éditeur, 2013.

« Nous avons passé beaucoup de temps à Makronissos… » (p. 102-103), Yannis Ritsos, « Lettre à Joliot-Curie », *Ibid.*

« Ces arbres ne peuvent se rassasier de moins de ciel… », (p. 105) « Ce sol… » (p. 21 et 139) et « Un messager arrive chaque matin de la Grande Vallée… » (p. 198), Yannis Ritsos, *Grécité*, suivi d'*Après l'épreuve*, traduction Jacques Lacarrière, Éditions Bruno Doucey, coll. « En résistance », 2015.

« Tes blanches mains… » (p. 119-120) et « Écarte la nuit… » (p. 128), Yannis Ritsos, *Le Chant de ma sœur* (1937), traduction Anne Personnaz, Éditions Bruno Doucey, coll. « En résistance », 2013.

« La vie, – une plaie à l'inexistence » (p. 168), Yannis Ritsos, « Épilogue », *Pierres, répétitions, grilles*, traduction Pascal Neveu, Ypsilon Éditeur, 2009.

« Nous sommes dans notre propre monde… » (p. 170), Nâzım Hikmet, « La plus belle mer », traduit en grec par Yannis Ritsos.

« Nâzım… » (p. 172),
Texte de Yannis Ritsos publié dans le numéro 33 des

Cahiers Balkaniques : Turquie, Grèce : un passé commun, des nouvelles perspectives, Inalco, janvier 2004.

« Un petit peuple qui se bat… » (p. 113 et 193) et « Ne pleure pas sur la Grèce… » (p. 195),
Yannis Ritsos, *Dix-huit petites chansons de la patrie amère* (1968), traduction Anne Personnaz, Éditions Bruno Doucey, coll. « En résistance », 2012.

« La mer regarde son visage… » (p. 209)
Yannis Ritsos, *La Marche de l'océan* (1937), traduction Anne Personnaz, Éditions Bruno Doucey, coll. « En résistance », 2014.

« La jeune fille » (p. 215)
Yannis Ritsos, *Grécité*, suivi d'*Après l'épreuve*, traduction Jacques Lacarrière, Éditions Bruno Doucey, coll. « En résistance », 2015.

/ Un poème est associé à la genèse de ce roman :
Bruno Doucey, « Notes pour un récit sur les années de détention d'un poète à Makronissos », *États provisoires du poème*, n° 16 : *Grèce, permanence des mythes*, Théâtre National Populaire, Les Langagières et Cheyne éditeur, 2016.

Références musicales

Mikis Theodorakis et Yannis Ritsos

Les *Dix-huit petites chansons de la patrie amère* que Yannis Ritsos composa pour le compositeur Mikis Theodorakis ont fait l'objet de plusieurs enregistrements :

/ Mikis Theodorakis, *Concert 1 : Lianotragouda – Chansons de la patrie amère*, interprétées par Maria Farandouri, Petros Pandis, Aphroditi Manou, Achileas Kostoulis, Pathé-Marconi, 1973.

/ Mikis Theodorakis, *18 Λιανοτράγουδα Της Πικρής Πατρίδας* (18 petites chansons de la patrie amère), interprétées par Georges Dalaras et Anna Vissi, Emi, 1974.

Plus largement

Par ailleurs, des pièces musicales ont accompagné l'écriture de ce roman, au point d'en nourrir la genèse et le rythme. Pour les partager, je les ai regroupées dans une liste de lecture sur Spotify, sous l'intitulé *Ne pleure pas sur la Grèce*.

Le lecteur y trouvera en particulier *Αφιέρωμα στον Μάνο Λοΐζο* (Hommage à Manos Loïzos), chansons par lesquelles Haris Alexiou interprète les compositions de Manos Loïzos, farouche opposant à la dictature des colonels.

Remerciements

L'auteur adresse de chaleureux remerciements à toutes celles et ceux qui l'ont accompagné dans son travail, en particulier :

/ Les Archives du Comité international de la Croix-Rouge,

/ Murielle Szac, éditrice exigeante et précieuse,

/ Nikos Graikos et Katerina Apostolopoulou, amis grecs de Paris,

/ Eri Ritsou, la fille du poète, qui sait si bien tisser le fil de la mémoire.

Du même auteur

RÉCITS & ROMANS

Pablo Neruda, non à l'humanité naufragée (roman),
Actes Sud Junior, coll. « Ceux qui ont dit non », 2020.

Gustave Courbet, non au conformisme (roman écrit avec Maria Poblete, Elsa Solal, Murielle Szac),
Actes Sud Junior, coll. « Ceux qui ont dit non », 2019.

Lounès Matoub, non aux fous de Dieu (roman),
Actes Sud Junior, coll. « Ceux qui ont dit non », 2018.

Le carnet retrouvé de monsieur Max (roman),
Éditions Bruno Doucey, coll. « Sur le fil », 2015.

Si tu parles Marianne (roman), Elytis, 2014.

L'Aventurier du désert (récit), photographies de Jules Jacques,
illustrations de Jean-Michel Charpentier, Elytis, 2010.

Federico Garcia Lorca, non au franquisme (roman),
Actes Sud Junior, coll. « Ceux qui ont dit non », 2010.
Réédition 2014.

Victor Jara, non à la dictature (roman), Actes Sud Junior,
coll. « Ceux qui ont dit non », 2008. Réédition 2015.

La Cité de sable (nouvelles), Rhubarbe, 2007.

Moïse, Retz, 2001.

Poésie

La vie est belle (illustrations Nathalie Novi), Éditions Bruno Doucey, coll. « Poés'histoires », 2019.

L'Emporte-voix, Éditions La passe du vent, 2018.

Ceux qui se taisent, Éditions Bruno Doucey, coll. « Soleil noir », 2016.

S'il existe un pays, Éditions Bruno Doucey, coll. « Soleil noir », 2013.

La Neuvaine d'amour, Écrits des Forges (Québec) / L'Amandier, 2010.

Poèmes au secret, Le Nouvel Athanor, 2006. Rééd. 2008, préface de René Depestre.

Essais

Petit éloge de la lenteur (dessins de Zaü), Le Calicot, 2019.

Pierre Seghers, Poésie la vie entière : résister, éditer, écrire, Éditions Musée du Montparnasse / IMEC, 2011.

Agadez, photographies d'Edmond Bernus, Transbordeurs, coll. « Cités », 2007.

Le Prof et le poète – à l'école de la poésie, Entrelacs, coll. « Connivences », 2007.

Le Livre des déserts, itinéraires scientifiques, littéraires et spirituels, (direction d'ouvrage), Robert Laffont, coll. « Bouquins », 2006.

Cet ouvrage
a été achevé d'imprimer
en octobre 2020
pour le compte de Bruno Doucey
poète, éditeur de poètes
sur les presses
de l'imprimerie Factory B & M

Conception graphique
Dans les villes, Strasbourg

Correction
Agence abcd'ère, Lorient

///

Dépôt légal : janvier 2021

///

Imprimé en Espagne

Cet ouvrage est imprimé, pour l'intérieur,
sur papier Munken Print Cream 80 g des papeteries Arctic Paper,
dont les usines ont obtenu la certification environnementale ISO 14001
et opèrent conformément aux normes ECF et EMAS.